竹《たけ》取《とり》物《もの》語《がたり》

かぐや姫《ひめ》のおはなし

星《ほし》 新一《しんいち》・訳
ひと和《わ》・絵

角川つばさ文庫

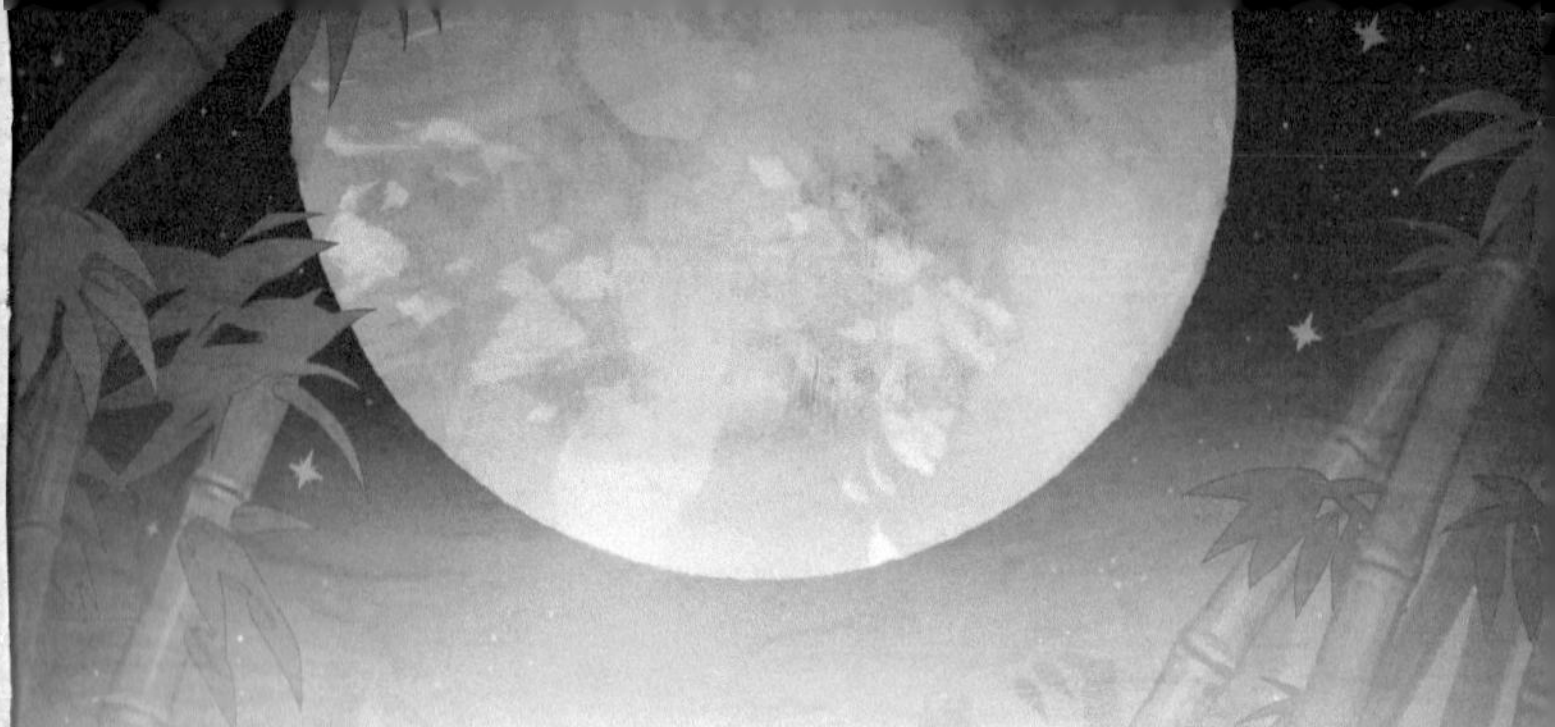

目《もく》次《じ》

竹《たけ》取《とり》物《もの》語《がたり》（口《こう》語《ご》訳《やく》）

星《ほし》新《しん》一《いち》訳《やく》

一、姫《ひめ》のおいたち

むかし、竹取《たけと》りじいさんと呼《よ》ばれる人《ひと》がいた。名《な》はミヤツコ。時《とき》には、讃岐《さぬき》の造麻呂《みやつこまろ》と、もっともらしく名乗《なの》ったりする。

野《の》や山《やま》に出《で》かけて、竹《たけ》を取《と》ってきて、さまざまな品《しな》を作《つく》る。

笠《かさ》、竿《さお》、笊《ざる》、籠《かご》、筆《ふで》、箱《はこ》、筒《つつ》、箸《はし》。

筍《たけのこ》は料理用《りょうりよう》。そのほか、すだれ、ふるい、かんざし、どれも竹《たけ》カンムリの字《じ》だ。

自分《じぶん》でも作《つく》り、職人《しょくにん》たちに売《う》ることもある。竹《たけ》については、くわしいのだ。

ある日《ひ》、竹《たけ》の林《はやし》のなかで、一本《ぽん》の光《ひか》るのをみつけた。ふしぎなことだと、そばへ寄《よ》ってよく見《み》ると、竹《たけ》の筒《つつ》のなかに明《あか》るいものがあるらしい。

その部分《ぶぶん》を、ていねいに割《わ》ってみる。手《て》なれた仕事《しごと》だ。なかには、手《て》のひらに乗《の》るような小《ちい》さな女《おんな》の子《こ》が、すわっていた。まことに、かわいらしい。

じいさんは、つぶやいた。

「竹《たけ》とは、長《なが》いつきあいだ。高《たか》いとこ、滝《たき》のちかく、たくさんの竹《たけ》、指《ゆび》にタコ。竹《たけ》はわたし、わたしは竹《たけ》。うちの子《こ》にしてもいいと思《おも》う」

両方《りょうほう》の手《て》のひらで包《つつ》むようにして、家《いえ》へ連《つ》れて帰《かえ》った。妻《つま》のおばあさんに、わけを話《はな》して育《そだ》てさせた。

ずっと子《こ》に恵《めぐ》まれなかった老夫婦《ろうふうふ》。それに、あいらしく美《うつく》しいのだから、心《こころ》の込《こ》めかたがちがう。竹《たけ》の製品《せいひん》は、お手《て》のものだ。ゆりかご用《よう》の小《ち》さな籠《かご》、留守中《るすちゅう》にネズミが近付《ちかづ》いたりしないように、かぶせる籠《かご》。いろいろ頭《あたま》も使《つか》った。

じいさんは、その日《ひ》から、珍《めずら》しい竹《たけ》に出会《であ》うようになった。節《ふし》と節《ふし》とのあいだの筒《つつ》に、黄金《こがね》が入《はい》っているのだ。なにか、ぴんとくるものを感《かん》じるので、それとわかる。そのおかげで、しだいに金持《かねも》ちになっていった。

この子《こ》は、日《ひ》がたつにつれ、若《わか》い竹《たけ》のように、すくすくと大《おお》きくなっていった。三ヵ月《げつ》ぐらいで十三、四歳《さい》ぐらいの、普通《ふつう》の娘《むすめ》と同《おな》じほどに。髪《かみ》をたらし適当《てきとう》に切《き》っただけの子《こ》供《ども》あつかいではと、前髪《まえがみ》を上《うえ》にあげ、たばねてうしろへたらすようにした。

おとなっぽくなった。また、女性用《じょせいよう》のハカマを着《つ》けさせた。裳《も》と呼《よ》ぶもの。外出《がいしゅつ》させないどころか、すだれで囲《かこ》った部屋《へや》を作《つく》り、そのなかで大事《だいじ》に育《そだ》てた。それを建築《けんちく》するぐらいの金《かね》はあるのだ。

わが子《こ》という思《おも》いを除外《じょがい》しても、その顔《かお》つきの、きよらかで美《うつく》しいことは、人《ひと》なみでなかった。日《ひ》のささない家《いえ》のなかでは、暗《くら》い場所《ばしょ》があっていいのに、光《ひかり》がみちあふれているようだ。

精神的《せいしんてき》にも、明《あか》るさがただよっていた。竹取《たけと》りじいさん、気分《きぶん》が沈《しず》んだり、疲《つか》れて苦《くる》しさを感《かん》じたりする時《とき》も、この子《こ》を見《み》れば、それらは消《き》えてしまう。怒《いか》りを感《かん》じた時《とき》も、それがおさまる。

仕事《しごと》に出《で》かけるたびに、じいさんは黄金《こがね》の入《はい》った竹《たけ》を持《も》ち帰《かえ》る。そのため、かなりの財《ざい》産《さん》ができた。むかしは長者《ちょうじゃ》と呼《よ》んだものだ。家事《かじ》を手伝《てつだ》わせる人《ひと》も雇《やと》った。

娘《むすめ》も成人《せいじん》といっていいほどになったので、名《な》をつけさせようと思《おも》った。じいさんは、秋《あき》田《た》という男《おとこ》を呼《よ》んだ。御室戸《みむろど》で神主《かんぬし》をやっている。

「この子《こ》に、いい名《な》をつけてくれ」

「なよ竹《たけ》の、かぐや姫《ひめ》がいいだろう」

なよ竹《たけ》とは、ほっそりと、しなやかの意味《いみ》を持《も》つ。かぐや姫《ひめ》とは、きらめき輝《かがや》くように見《み》えることから。

それから、三日《みっか》にわたる大宴会《だいえんかい》。成人《せいじん》を知《し》らせ、祝《いわ》うためだ。近郊《きんこう》の人《ひと》たち、遠《とお》くても成人《せいじん》した男性《だんせい》はなるべく招待《しょうたい》した。ごちそうを出《だ》し、酒《さけ》をすすめる。歌《うた》う人《ひと》も出《で》る。笛《ふえ》、笙《しょう》、そのほか管楽器《かんがっき》。ひちりきだって、もとは竹《たけ》のついた漢字《かんじ》だ。小《ちい》さいのは篠笛《しのぶえ》。箏《こと》は当時《とうじ》の弦楽器《げんがっき》の総称《そうしょう》。

竹取《たけと》りじいさん、姫《ひめ》をみなに見《み》せて自慢《じまん》したいし、ほかの男《おとこ》の目《め》に触《ふ》れさせたくないし、複雑《ふくざつ》な気分《きぶん》。しかし、かくしたままでは、なんの会《かい》かわからない。最《もっと》も盛《も》りあがった時《とき》に、声《こえ》をかけた。

「みなさん、かぐや姫《ひめ》です」

すだれを、さっとあげる。一瞬《いっしゅん》、静《しず》まりかえる。あまりの美《うつく》しさ。ころあいをみて、すだれをおろし、もとのようにする。

「もっと見《み》せてくれよ」

「いま、お見《み》せしたでしょう」

酔《よ》った上《うえ》での幻《まぼろし》と感《かん》じた人《ひと》も多《おお》かったろう。そのため、だれも帰宅《きたく》し、いかにすばらしい姫《ひめ》だったか、話《はな》してまわる。大《おお》げさになりながら、うわさがひろまる。

聞《き》かされたほうは、想像力《そうぞうりょく》でふくらませ、あこがれる。この目《め》で見《み》たいものだ、わがものとしたいものだと、やってくる。男性《だんせい》なら、地位《ちい》も職業《しょくぎょう》も関係《かんけい》なしに。姫《ひめ》の家《いえ》の門《もん》のそばに住《す》む人《ひと》も、垣根《かきね》の近《ちか》くの人《ひと》でさえ、容易《ようい》に見《み》ることはできないのだ。それなのに、男《おとこ》たちは暗《くら》くなっても眠《ねむ》ろうとせず、闇《やみ》のなかで垣根《かきね》ごしにのぞこうとしたり、垣根《かきね》に穴《あな》をあけようとしたり、大声《おおごえ》をあげたりする。

それを「よばい」とからかう人《ひと》も出《で》た。本来《ほんらい》は「呼《よ》ぶ」の変化《へんか》だが、よき女性《じょせい》をめざして、装《よそお》って夜《よる》に寄《よ》ってくることまで広《ひろ》めたのだ、という話《はなし》だが。

ちょっと、ひと息《いき》。

竹《たけ》とはねえ。その目《め》のつけどころがいい。発想《はっそう》といったものでなく、もう感覚的《かんかくてき》に神秘性《しんぴせい》がある。二十四時間《じかん》で一メートルも伸《の》びることもあるのだ。

パンダの食べ物《もの》に不可欠《ふかけつ》なのだ。どんな成分《せいぶん》かは、まだ研究《けんきゅう》が進《すす》んでないようだが。ロンドンの動物園《どうぶつえん》のパンダには、どこから運《はこ》んでいるのだろう。

発明王《はつめいおう》エジソンが、電球《でんきゅう》を作《つく》ろうとした時《とき》、内部《ないぶ》のフィラメントに、適当《てきとう》な物質《ぶっしつ》がない。片《かた》っぱしから試《こころ》みたが、どれもうまくいかない。ついに日本《にほん》から竹《たけ》を取《と》りよせ、それを細《ほそ》くして炭化《たんか》させ、はじめて電気《でんき》を光《ひかり》に変《か》えた。

この『竹取物語《たけとりものがたり》』は、そんなことよりはるか昔《むかし》、西暦《せいれき》九〇〇年《ねん》の少《すこ》し前《まえ》ごろに作《つく》られた。『源氏物語《げんじものがたり》』のなかで、紫式部《むらさきしきぶ》が日本最初《にほんさいしょ》の小説《しょうせつ》と書《か》いている。

はじめに、竹《たけ》カンムリの字《じ》を並《なら》べたが、そのほかにも各種《かくしゅ》ある。笑《わらい》など、なぜ竹《たけ》に関係《かんけい》しているのか、わからない。物語《ものがたり》というものは、竹《たけ》のようなものか。

筋《すじ》はストーリー。筈《はず》は展開《てんかい》。策《さく》は着想《ちゃくそう》。算《さん》は構成《こうせい》。第《だい》は次第《しだい》であり、順序《じゅんじょ》。等《ひとし》や符《ふ》は大《おお》きな乱《みだ》れのないこと。

箇《かん》は、よけいな部分《ぶぶん》のないこと。箔《はく》は、しゃれた文体《ぶんたい》。節《せつ》は、区切《くぎ》り。答《こたえ》は結末《けつまつ》。名作《めいさく》は範《はん》か。籍《せき》や簿《ぼ》は、分類《ぶんるい》のことか。メモは便箋《びんせん》に。常用漢字《じょうようかんじ》では編《へん》だが、以前《いぜん》は篇《へん》の字《じ》が使《つか》われていた。

たまたま、そうなっただけだろう。新説《しんせつ》を主張《しゅちょう》するつもりもない。なにかの話題《わだい》のきっかけになればと。

では、話《はなし》を進《すす》めるか。

二、姫《ひめ》の望《のぞ》み

相手《あいて》にしてくれないので、近《ちか》くをうろついても、どうにもならない。姫《ひめ》の家《いえ》の手伝《てつだ》いの人《ひと》に、取《と》り次《つ》いでほしいと話《はな》しかけても、いい返事《へんじ》はない。

それでも、生活《せいかつ》に余裕《よゆう》のある男《おとこ》たちは、夜《よる》も昼《ひる》も、手《て》がかりを求《もと》めて、そのあたりで何《なん》日《にち》もすごした。

「これは、だめらしいな。こんなことに時間《じかん》をかけるのは、どういうものか」

帰《かえ》ってゆく人《ひと》も、少《すこ》しずつふえていった。原文《げんぶん》では彼《かれ》らを「おろかなる人《ひと》」と形容《けいよう》しているが、賢明《けんめい》な人《ひと》と呼《よ》ぶべきかもしれない。しかし、想像力《そうぞうりょく》の点《てん》では不足《ふそく》ぎみか。

幻《まぼろし》の美女《びじょ》に、会《あ》えもせず、話《はなし》もせずに帰《かえ》れるか。人生《じんせい》は、なんのためにある。いかなる方法《ほうほう》を使《つか》っても、わがものとしてみせる。自分《じぶん》はいままで、どの女性《じょせい》にももてできた。

ここだけ例外《れいがい》のはずはない。

熱意《ねつい》あふれるというべきか、うぬぼれの強《つよ》い自信家《じしんか》というべきか、最後《さいご》に五人《にん》が残《のこ》った。あきらめることなく、夜昼《よるひる》かまわず、通《かよ》いつめる。

石作《いしづくり》の皇子《みこ》。

庫持《くらもち》の皇子《みこ》。

右大臣《うだいじん》の阿部《あべ》の御主人《みうし》。

大納言《だいなごん》の大伴《おおとも》の御行《みゆき》。

中納言《ちゅうなごん》の石上《いそのかみ》の麻呂足《まろたり》。

皇子《みこ》とは、帝《みかど》の親類《しんるい》のこと。あとの官職名《かんしょくめい》の説明《せつめい》は省《はぶ》く。要《よう》は、身分《みぶん》のいい人《ひと》たちばかり。生活《せいかつ》を心配《しんぱい》することなく、恋《こい》に熱中《ねっちゅう》出来《でき》る立場《たちば》というわけだ。

だれも、美女《びじょ》がいるとの話《はなし》を耳《みみ》にしただけで、かけつけて、くどきたくなる。さほどでもない場合《ばあい》であっても。そういう人《ひと》も、いるんだね。

最後《さいご》の五人《にん》。この分野《ぶんや》の実力者《じつりょくしゃ》たち。ここであきらめては、過去《かこ》の名声《めいせい》に傷《きず》がつく。なにしろ、いま最高《さいこう》の女性《じょせい》、かぐや姫《ひめ》だ。なにしろ、まず実物《じつぶつ》を見《み》なくては。

食欲《しょくよく》はなくても、感情《かんじょう》は高《たか》まる一方《いっぽう》。姫《ひめ》の家《いえ》へ日参《にっさん》し、たたずんだり、歩《ある》いたり。なんの進展《しんてん》もない。手紙《てがみ》を出《だ》しても、返事《へんじ》はない。恋《こい》しさを和歌《わか》にあらわし、送《おく》ってみても手《て》ごたえがない。

むだと思《おも》っても、出《で》かけてしまう。冬《ふゆ》の水《みず》が凍《こお》り、雪《ゆき》の降《ふ》る季節《きせつ》。夏《なつ》は熱《あつ》い日光《にっこう》が、照《て》りつけ、雷《かみなり》も鳴《な》る。京都《きょうと》のあたりの冬《ふゆ》と夏《なつ》は一段《いちだん》とひどいのだ。

この五人《にん》、抜《ぬ》けがけは無理《むり》と知《し》った。最後《さいご》は実力《じつりょく》としても、とりあえずは共同戦線《きょうどうせんせん》。竹取《と》りじいさんを呼《よ》びだして申《もう》し出《で》た。

「娘《むすめ》さんを、ぜひ、わたくしに」

一同《いちどう》、頭《あたま》を下《さ》げ、手《て》を合《あ》わせてたのんでみた。じいさん、首《くび》を振《ふ》る。

「わたしたち夫婦《ふうふ》の、実《じつ》の子《こ》ではありませんので、あれこれ、さしずめいたことも言《い》いにくいのです。おわかり下《くだ》さい」

こんな返事《へんじ》では、どうしようもない。変化《へんか》のないまま、月日《つきひ》がすぎてゆく。日参《にっさん》する一方《いっぽう》、神仏《しんぶつ》に祈《いの》って加護《かご》を求《もと》める人《ひと》もいる。逆《ぎゃく》に、いっそ姫《ひめ》へのあこがれを忘《わす》れさせてほしいとの祈願《きがん》をする人《ひと》もいたが、心《こころ》はおさまらない。

「どういうことなのだ。いつまでも、ひとりのままにしておくのか。なぜ成人《せいじん》の会《かい》をやり、大《おお》ぜいの人《ひと》を呼《よ》んだのだ。それは、絶対《ぜったい》にだめではないからだろう」

つぶやき、それをはげましとし、かよいつめる。熱意《ねつい》をみとめてもらうには、これをつづけるしかない。

こうなると、ただごとではない。竹取《たけと》りじいさん、考《かんが》えたあげく、かぐや姫《ひめ》に話《はな》しかけた。

「おまえは、わが家《や》の宝《たから》、いや大切《たいせつ》な仏《ほとけ》さまだよ……」

姫《ひめ》がこの家《いえ》に来《き》てから、豊《ゆた》かになり、心《こころ》までなごやかになったのだ。口調《くちょう》にだって、それがあらわれる。

「……神《かみ》か仏《ほとけ》が姿《すがた》を変《か》えて、この世《よ》においでになったのでしょう。わたしは父親《ちちおや》ではありませんが、なにかのご縁《えん》で、ここにお連《つ》れし、お育《そだ》てし、いまに至《いた》りました。病気《びょうき》にかかってはと、心配《しんぱい》したりもしました。このあたりもお察《さっ》しいただいて、わたしの申《もう》し上《あ》げることを、いちおうは聞《き》いてはいただけませんか」

かぐや姫《ひめ》は、軽《かる》くうなずく。

「どうぞ、なんでもおっしゃって下《くだ》さい。親子《おやこ》のあいだではありませんか。ずっと、そのような気持《きも》ちでおりました。自分《じぶん》のことを、神《かみ》や仏《ほとけ》のなにかなど、考《かんが》えたこともありませんでした」

じいさん、少《すこ》しほっとして言《い》う。

「それは、ありがたい。わたしも五十歳《さい》をかなり過《す》ぎました。長《なが》いあいだ働《はたら》いて、疲《つか》れもたまっております。この先《さき》、どれぐらい生《い》きられるかわからない。あとのことが、心配《しんぱい》なのです」

「なんのことなの……」

「ある年《とし》ごろになると、男《おとこ》は女《おんな》のかたと結婚《けっこん》し、女《おんな》は男《おとこ》のかたと結婚《けっこん》する。これが、世《よ》のならわしです。それによって、子《こ》も出来《でき》、一族《いちぞく》が栄《さか》えることになります。わたしは生《い》きているうちに、そのお世話《せわ》をすませたい。どうでしょう、男《おとこ》のかたをお選《えら》びになりませんか」

するど、かぐや姫《ひめ》は表情《ひょうじょう》も変《か》えずに言《い》った。

「そうしなければならないって、なぜですの。わかりませんわ」

あまりのことに、竹取《たけと》りじいさん、口《くち》ごもった。理由《りゆう》など、考《かんが》えたこともない。しかし、だまったままでもいられない。

「やはり、なにかの生《うま》れかわりかもしれませんな。奇妙《きみょう》なことを、お聞《き》きになる。しかし、それはどうであろうと、あなたは人間《にんげん》の女性《じょせい》の姿《すがた》だ。それらしく、ふるまわなければいけません」

「そういうものですか」

「はい。わたしの生《い》きているうちは、いまのままでもいいでしょう。身《み》のまわりのお手《て》つだいを、してあげられます。しかし、女《おんな》ひとりでの生活《せいかつ》となると、不可能《ふかのう》です。その相手《あいて》がいないわけではない。長《なが》い年月《ねんげつ》、何人《なんにん》もの男《おとこ》が、姫《ひめ》をめざし、ここへ通《かよ》いつづけています。それは、ご存知《ぞんじ》でしょう。熱意《ねつい》があります。そのなかの、おひとりの愛《あい》をお受《う》けになったらいかがでしょう」

姫《ひめ》も答《こた》えなければならない。

「わたし自身《じしん》、それほどの美人《びじん》と思《おも》っておりません。ですから、軽々《かるがる》しくきめたくないのです。その人《ひと》の本心《ほんしん》がよくわからず、いっしょになる。あとになって、ほかの女性《じょせい》を好《す》きになったりされたら、後悔《こうかい》することになります。世《よ》の中《なか》での地位《ちい》が高《たか》い人《ひと》だからといって、心《こころ》の奥《おく》まではわからない。そこで、ためらってしまうのです」

じいさん、それも一理《いちり》あると感心《かんしん》した。

「それは、ごもっともです。わたしも、そう思《おも》います。しかし、女《おんな》の立場《たちば》で考《かんが》えたことがないので、わたしには見《み》わけようがない。どんなかたをお好《この》みですか。あの五人《にん》の男《おとこ》、どなたも愛情《あいじょう》の深《ふか》い性格《せいかく》と思《おも》いますが。なにか、いい案《あん》がありましょうか」

「心《こころ》の底《そこ》は、外見《がいけん》だけではわかりません。熱心《ねっしん》さでは、どのかたも同《おな》じようです。どなたとも申《もう》せません」

「では……」

「五人《にん》のかたに、それぞれ、見《み》たいものを告《つ》げましょう。それをやって下《くだ》さったかたを、最《もっと》も好意《こうい》のあるかたとして、おつかえいたすことにしましょう。みなさんに、そうお伝《つた》え下《くだ》さい」

「それで満足《まんぞく》なさるのでしたら、けっこうでしょう」

これで、いくらかの進展《しんてん》がみられるだろう。

そとでは、いつものように五人《にん》の男《おとこ》が集《あつ》まっていた。それぞれ、なにかやっている。笛《ふえ》を吹《ふ》く者《もの》。作《つく》った和歌《わか》を読《よ》みあげる者《もの》。曲《きょく》をつけて歌《うた》う者《もの》。口笛《くちぶえ》を吹《ふ》く者《もの》。扇子《せんす》でなにかをたたき、拍子《ひょうし》をとる者《もの》。

てんでんばらばら、しかも本気《ほんき》。このおかしな眺《なが》めも、やっと終《おわ》りになるわけかと、竹取《たけと》りじいさん、門《もん》から出《で》ていって、みなを集《あつ》めて話《はな》した。

「みなさん、ご立派《りっぱ》なかたがた。このようなつまらぬ家《いえ》のそばに、長《なが》い年月《ねんげつ》、おいでいただいて恐縮《きょうしゅく》でございます。まずは、ありがたいことと、お礼《れい》を申《もう》します」

「ご返事《へんじ》があるとは、珍《めずら》しいことですね」

「姫《ひめ》に申《もう》し上《あ》げたのだ。あなたがたのことでね。わたしの寿命《じゅみょう》も、いつまでもつか保証《ほしょう》できない。いまなら、熱意《ねつい》のある五人《にん》のかたがおいでになる。どなたかを選《えら》んで、おつかえなさるのがいいでしょうと」

「よく、申《もう》し上《あ》げて下《くだ》さった。で、それについて姫《ひめ》は」

「すぐ断《こと》わられるかと思《おも》っていたが、そこがわたしの持《も》ちかけかただ。姫《ひめ》は答《こた》えてくれた。どなたさまもいいかたで、きめるのに迷《まよ》ってしまいます。じつは、見《み》たいと望《のぞ》んでいる品《しな》があるので、それぞれの方《かた》に申《もう》します。持《も》ってきてくださったかたが、最《もっと》も好意《こうい》を持《も》っているといたします、とのことだ」

「うむ」

「仕方《しかた》ないし、公平《こうへい》と思《おも》える。力《ちから》が不足《ふそく》だった人《ひと》は、あきらめもつくだろう」

「それもそうだな」

五人《にん》もなっとくした。竹取《たけと》りじいさんは、その品《しな》を聞《き》いてくるからと、ひとり家《いえ》に戻《もど》って、かぐや姫《ひめ》に言《い》った。

「やってみるそうです。その品物《しなもの》をおっしゃって下《くだ》さい」

「石作《いしづくり》の皇子《みこ》には、み仏《ほとけ》の石《いし》の鉢《はち》という品《しな》を、持《も》ってきていただきたいのです」

「はあ」

お釈迦《しゃか》さまが悟《さと》りを開《ひら》いた時《とき》、石《いし》で作《つく》られた鉢《はち》をお使《つか》いになっていたとされている。石作《づくり》の名《な》からの連想《れんそう》だろうか。天竺《てんじく》にあるという。インドのことだが、なぜか竹《たけ》カンムリの字《じ》。

「庫持《くらもち》の皇子《みこ》には、東《ひがし》の海《うみ》に蓬莱《ほうらい》という山《やま》があります。そこに生《は》えている木《き》で、根《ね》は銀《しろがね》、幹《みき》や枝《えだ》は黄金《こがね》、実《み》は白《しろ》い玉《たま》。それの枝《えだ》をひとつ持《も》ってきていただきたい」

「はあ」

蓬莱山《ほうらいさん》には仙人《せんにん》が住《す》み、夢《ゆめ》のようなところ。このような木《き》を、だれも貴重《きちょう》だとは思《おも》わない。

「阿部《あべ》とかいう右大臣《うだいじん》には、唐《とう》の国《くに》にある火《ひ》ねずみの皮《かわ》でできた衣《ころも》をお願《ねが》いします」

「はあ」

唐《とう》とは、中国《ちゅうごく》。火《ひ》ねずみの皮《かわ》は、燃《も》えることがなく、火《ひ》によって、よごれが消《き》え、さらに美《うつく》しくなる。

「大納言《だいなごん》の大伴《おおとも》さんには、龍《りゅう》の首《くび》についている五色《ごしき》に光《ひか》る玉《たま》をお願《ねが》いします」

「はあ」

中国《ちゅうごく》の古《ふる》い書物《しょもつ》の『荘子《そうじ》』にのっているという。

「中納言《ちゅうなごん》の石上《いそのかみ》さんには、つばめの持《も》っている子安貝《こやすがい》。それをひとつ、おたのみします」

「はあ」

子安貝《こやすがい》は安産《あんざん》の力《ちから》を持《も》つ。つばめはいい季節《きせつ》になると出現《しゅつげん》し、飛《と》ぶのも速《はや》い。どこか神秘《しんぴ》さがある。

「わかりました」

「それにしても、むずかしい問題《もんだい》ですね。この国《くに》のなかに、あるかどうかだ。あの人《ひと》たちに話《はな》して、本気《ほんき》にしてくれるでしょうか」

竹取《たけと》りじいさんは困《こま》ったが、かぐや姫《ひめ》は言《い》った。

「やってみることです。むずかしいとは思《おも》わないわ」

と平然《へいぜん》としている。常識《じょうしき》が通用《つうよう》しないみたいだ。しかし、竹《たけ》のなかから出《で》てきた姫《ひめ》だ。あの五人《にん》のなかにも、常識《じょうしき》以《い》上《じょう》の人《ひと》がいるかもしれない。

「とにかく、いちおう話《はな》してみます」

じいさんは門《もん》を出《で》て、姫《ひめ》の望《のぞ》みの品々《しなじな》を告《つ》げて、最後《さいご》にこう言《い》った。

「そういうわけです。ご成功《せいこう》なさるといいんですが」

おえらがたの男性《だんせい》五人《にん》、ため息《いき》をついた。

「夢《ゆめ》にも考《かんが》えなかった品々《しなじな》だ。いっそのこと、もう近《ちか》づくなと、はっきり言《い》ってくれればい

いのに」

うんざりした足《あし》どりで、だれも帰《かえ》っていった。

また、ひと息《いき》つく。

ゆっくりと読《よ》み、現代風《げんだいふう》の文《ぶん》に訳《やく》してゆくと、この物語《ものがたり》が長《なが》く読《よ》まれ、現代《げんだい》に伝《つた》わってきた理由《りゆう》もわかる気《き》がする。

かくも昔《むかし》に、なぜ結婚《けっこん》しなければならないかと、答《こた》えようもない質問《しつもん》をした。かなりの驚《おどろ》きだったろう。常識《じょうしき》を越《こ》えた思考《しこう》は、物語《ものがたり》に必要《ひつよう》だし、聞《き》いた人《ひと》に忘《わす》れられない印象《いんしょう》を残《のこ》す。

大《おお》ぜいの男性《だんせい》。最後《さいご》には五人《にん》の上流階級《じょうりゅうかいきゅう》の男《おとこ》が残《のこ》るが、女性《じょせい》にとっては、夢《ゆめ》のような話《はなし》。女性《じょせい》にも面白《おもしろ》い話《はなし》なのだ。

恋《こい》に恋《こい》するという言葉《ことば》があるが、この五人《にん》は、それにひたっていた。気持《きも》ちよく、酔《よ》っていた。実在《じつざい》はすれど、まだ会《あ》えない幻《まぼろし》の美女《びじょ》。想像《そうぞう》はふくらむ一方《いっぽう》。日参《にっさん》するぐらい、苦《くる》しくはない。その苦《くる》しさが、また想像《そうぞう》をひろげるのだ。第三者《だいさんしゃ》には、奇異《きい》な行為《こうい》と思《おも》われても。

だから、条件《じょうけん》が示《しめ》されると、ことは具体的《ぐたいてき》になる。無限《むげん》の想像《そうぞう》が、有限《ゆうげん》となる。五人《にん》の思考《しこう》も一変《いっぺん》し、物語《ものがたり》の進展《しんてん》も一転《いってん》する。

なお。結婚《けっこん》と訳《やく》し、原文《げんぶん》でも婚《こん》の字《じ》が使《つか》われているが、この五人《にん》、それぞれ正妻《せいさい》、さらには側室《そくしつ》がいるはずだ。生活《せいかつ》と、さらには、いくらかの楽《たの》しみを保証《ほしょう》してくれる男性《だんせい》が、女性《じょせい》の望《のぞ》みだった時代《じだい》だったのだ。

また、さすが平安時代《へいあんじだい》。実力行使《じつりょくこうし》に訴《うった》えないのがいい。やったら、みもふたもない。そこも物語《ものがたり》の魅力《みりょく》のひとつである。

では、話《はなし》のつづきを。

三、み仏《ほとけ》の石《いし》の鉢《はち》

毎日《まいにち》のように訪《おとず》れても、意味《いみ》のないことがはっきりした。かぐや姫《ひめ》を手《て》にするには、まさに不可能《ふかのう》に近《ちか》いことをやらなければならない。

石作《いしづくり》の皇子《みこ》は、しばらくぼんやりとしたままだった。こんなふうに生《い》きていても、楽《たの》しくない。なにか、することはないものか。あれこれ考《かんが》えてみる。

その石《いし》の鉢《はち》とやらは、中国《ちゅうごく》よりさらに遠《とお》い天竺《てんじく》にあるらしい。同《おな》じ地上《ちじょう》に存在《そんざい》する。行《い》けないことはない。しかし、この皇子《みこ》は頭《あたま》が悪《わる》いわけではない。

「気《き》の遠《とお》くなるような距離《きょり》を進《すす》んで、天竺《てんじく》に行《い》ったとする。いくつもあるわけではなく、そこにひとつしかない鉢《はち》だ。持《も》ち帰《かえ》らせてくれるはずがない」

こう、つぶやくことになる。そのうち、計画《けいかく》は形《かたち》をとってくる。

かぐや姫《ひめ》のところへ、手紙《てがみ》を出《だ》した。

〈これから、姫《ひめ》のために天竺《てんじく》へ出《で》かけます。石《いし》の鉢《はち》を求《もと》めて〉

そして、三年《ねん》の年月《ねんげつ》。

石作《いしづくり》の皇子《みこ》は、大和《やまと》の国《くに》の十市《とおち》の郡《こおり》、そこの山寺《やまでら》に出《で》かけた。み仏《ほとけ》の前《まえ》に、すすけて黒《くろ》くなっている鉢《はち》をみかける。石《いし》で出来《でき》ている。古《ふる》く、ありがたみがあり、ちょうどいいようだ。

「新《あたら》しいのを寄進《きしん》します。あれをいただけないでしょうか」

「ご好意《こうい》はありがたい。どうぞ」

このままでは、つまらない。もっともらしく、錦《にしき》の袋《ふくろ》に入《い》れ、造花《ぞうか》をつけた。贈り物《おくもの》には季節《きせつ》の花《はな》をつけるのが習慣《しゅうかん》だが、花《はな》の少《すく》ない季節《きせつ》だったのだ。それを、かぐや姫《ひめ》の家《いえ》にとどけた。

姫《ひめ》はその袋《ふくろ》をあけた。本当《ほんとう》に手《て》に入《い》れたとはねと、信《しん》じられない気分《きぶん》。鉢《はち》をのぞきこむと、和歌《わか》を書《か》いた紙《かみ》が入《はい》っていた。

海山《うみやま》の道《みち》に心《こころ》をつくしはて
　な石《いし》の鉢《はち》の涙流《なみだなが》れき

お望《のぞ》みの品《しな》を求《もと》めて、海《うみ》を越《こ》え、山《やま》の道《みち》を歩《ある》きつづけ、心《こころ》をすりへらす苦労《くろう》をしました。そして、持《も》ち帰《かえ》ったみ石《いし》の鉢《はち》。まさに、血《ち》の涙《なみだ》の流《なが》れる思《おも》いです。〝ち〟を両方《りょうほう》にかけた、言葉《ことば》のくふう。

「ありがたい品《しな》なら、少《すこ》しは光《ひか》っていいのではないかしら」

かぐや姫《ひめ》は見《み》つめたが、蛍《ほたる》ほどの光《ひかり》もない。和歌《わか》を作《つく》った。

おく露《つゆ》の光《ひかり》をだにぞやどさまし
　小倉山《おぐらやま》にてなにもとめけん

本物《ほんもの》のみ仏《ほとけ》の石《いし》の鉢《はち》なら、草《くさ》の葉《は》の一粒《ひとつぶ》の露《つゆ》ぐらいでも、光《ひかり》があっていいはずです。この暗《くら》い鉢《はち》。大和《やまと》の小倉山《おぐらやま》あたりで拾《ひろ》ってきたのではありませんか。〝くら〟の言葉《ことば》のあそび。あの山寺《やまでら》の近《ちか》くに、この名《な》の山《やま》がある。

その歌《うた》とともに送《おく》り返《かえ》されたので、皇子《みこ》は鉢《はち》を門《もん》のそとに捨《す》ててしまった。しかし、いかにも残念《ざんねん》なので、また和歌《わか》を送《おく》った。

白山《しらやま》にあへば光《ひかり》の失《う》するかと
鉢《はち》を捨《す》ててもたのまるるかな

お暗《くら》い山《やま》ではなく、あなたは、白《しろ》く輝《かがや》く山《やま》のようです。それと並《なら》んだので、鉢《はち》の光《ひかり》も目《め》立《だ》たず、消《き》えてしまったのです。わたしは鉢《はち》を捨《す》てましたし、恥《は》じています。しかし、わたしをお見捨《みす》てにならないよう、おたのみ申《もう》します。

かぐや姫《ひめ》からは、それへの返事《へんじ》はなかった。歌《うた》を作《つく》っても、とりついでもくれない。あきらめるしかない。ぶつぶつ言《い》いながらも家《いえ》に帰《かえ》り、普通《ふつう》の生活《せいかつ》に戻《もど》った。

鉢《はち》を捨《す》てて、計略《けいりゃく》の失敗《しっぱい》をみとめながらも、まだ、あつかましく言《い》いよる。そのことから、こういったことを〈鉢《はち》を捨《す》つ〉と言《い》うのがはやった。恥《はじ》は、昔《むかし》は〝はぢ〟と表記《ひょうき》したのだ。石《いし》の鉢《はち》だから、やけになって投《な》げ捨《す》てれば、割《わ》れて欠《か》けるだろう。恥《はじ》をかくといった意味《いみ》だ。

ひと息《いき》。

出《で》かけると知《し》らせてから、三年間《ねんかん》、皇子《みこ》は、どんな心境《しんきょう》でいたのだろうか。熱狂《ねっきょう》的《てき》な恋《こい》から、現実的《げんじつてき》な恋《こい》へと変《かわ》った。

それまでの似《に》た体験《たいけん》のように、やれるだけやってみるといった気分《きぶん》だったろう。おとなしく三年間《ねんかん》を待《ま》ったのではあるまい。ほかの女性《じょせい》を、くどきもしたろう。

しかし、姫《ひめ》への可能性《かのうせい》も、なくなったわけではない。それらしき鉢《はち》も、努力《どりょく》してさがしまわったわけでもない。なんとなく見《み》つけた。ひとつ、これでやってみるか。

しゃれた和歌《わか》をやりとりした。やはり、だめだった。恥《はじ》をかいたといっても、十割《わり》を誇《ほこ》っていたのが、少《すこ》し目減《めべ》りしただけ。この皇子《みこ》、それで心《こころ》にけりがつき、あるいはいい結果《けっか》といえるかもしれない。とくに損害《そんがい》を受《う》けたわけじゃないし。

物語《ものがたり》を聞《き》かされるほうも、そんな方法《ほうほう》、皇子《みこ》だからといって成功《せいこう》するはずがないと思《おも》いつつ、やはりその通《とお》り。つぎは、もっと高度《こうど》の手段《しゅだん》をとるだろうと期待《きたい》。

そして、それは。

四、蓬《ほう》莱《らい》の玉《たま》の枝《えだ》

庫持《くらもち》の皇子《みこ》は、蓬莱山《ほうらいさん》に行《い》って、銀《ぎん》の根《ね》で、幹《みき》が金《きん》、玉《たま》が実《み》となっている木《き》の一枝《ひとえだ》を取《と》ってくるようにたのまれた。

この皇子《みこ》、なかなか頭《あたま》のいい人《ひと》。情熱《じょうねつ》は情熱《じょうねつ》、実行《じっこう》は万全《ばんぜん》にと、計画《けいかく》をねった。そのあげく、つまりはその品《しな》を持《も》ってくればいいのだろうと、結論《けつろん》を出《だ》した。

「筑紫《つくし》の国《くに》の温泉《おんせん》へ出《で》かけ、休養《きゅうよう》をとり、元気《げんき》になってきます」

と、お役所《やくしょ》に休暇《きゅうか》をとどけた。竹《たけ》カンムリなので、筑紫《つくし》にしたのか。いまの九州《きゅうしゅう》の総称《そうしょう》である。

かぐや姫《ひめ》の家《いえ》にも、使《つか》いに手紙《てがみ》をとどけさせた。

〈これから、玉《たま》の枝《えだ》を求《もと》めての旅《たび》に出《で》ます。ご期待《きたい》ください〉

皇子《みこ》に仕《つか》える人《ひと》たちは、京《きょう》から難波《なにわ》（大阪《おおさか》）の港《みなと》まで、見送《みおく》りについてきた。船《ふね》に乗《の》り、みなに別《わか》れをつげる。

「休養《きゅうよう》なのだから、大《おお》げさにできない。ごく少人数《しょうにんずう》で行《い》く。あとはよろしく」

信用《しんよう》できる、いつもの部下《ぶか》を二人《ふたり》ほど連《つ》れて、船《ふね》は沖《おき》へ出《で》た。人々《ひとびと》は話《はな》しあいながら京《きょう》へ向《む》かった。

「さっぱりして帰《かえ》ってこられるといい。恋《こい》わずらいに、温泉《おんせん》はいいだろう」

しかし、出《で》て三日後《みっかご》に、皇子《みこ》たちは、その港《みなと》へと船《ふね》を戻《もど》す。そこで、かねてからの計画《けいかく》を実行《じっこう》に移《うつ》した。

すべて、あらかじめ手《て》は打《う》ってある。人目《ひとめ》につかないような場所《ばしょ》に、仕事場《しごとば》としての家《いえ》を作《つく》ってある。小《ちい》さいものではない。これだって、目立《めだ》たないよう、かなり苦労《くろう》した。

また内密《ないみつ》に、一流《いちりゅう》の腕前《うでまえ》の金属加工《きんぞくかこう》の細工師《さいくし》たちを集《あつ》めておいた。その人《ひと》たちとともに、なかにこもる。

熱《ねつ》で加工《かこう》もするので、かまども内部《ないぶ》にある。夜《よる》にその光《ひかり》がもれては、だれかに怪《あや》しまれる。そのために、何重《なんじゅう》にも囲《かこ》いを作《つく》った。そこで問題《もんだい》の品《しな》の製造《せいぞう》にとりかかる。

皇子《みこ》は領地《りょうち》を十四も持《も》っている。各所《かくしょ》の家《いえ》や庫《くら》から、金《きん》や銀《ぎん》や玉《たま》など、取《と》り寄《よ》せて用意《ようい》してあった。

「蓬莱《ほうらい》の玉《たま》の枝《えだ》を作《つく》るのだ。姫《ひめ》の話《はなし》だけでは、はっきりしない。学者《がくしゃ》にも調《しら》べてもらった。このようなものらしい」

絵《え》を見《み》せる。枝《えだ》は金《きん》。白《しろ》い玉《たま》の実《み》、葉《は》は銀《ぎん》がいいんじゃないかと、相談《そうだん》しながら、仕上《しあ》げてゆく。

三年《ねん》がかりで完成《かんせい》。部下《ぶか》たちと、ひそかに難波《なにわ》の港《みなと》へ運《はこ》んだ。また、自宅《じたく》へも、港《みなと》に帰《かえ》ったとしらせを出《だ》した。

大《おお》ぜいの人《ひと》が、迎《むか》えに来《き》た。皇子《みこ》は言《い》う。

「ご心配《しんぱい》をかけた。温泉《おんせん》のほか、山野《やまの》を歩《ある》いて、からだをきたえた。やりすぎたかな。また、わたしは船酔《ふなよ》いしやすくてね」

お疲《つか》れのようだなと見《み》る人《ひと》もあった。

そばには、細長《ほそなが》い箱《はこ》があり、高価《こうか》なものが入《はい》っているような感《かん》じ。事実《じじつ》、やっと作《つく》った品《しな》が入《はい》っているのだ。箱《はこ》の上《うえ》のおおいも、立派《りっぱ》な布《ぬの》。長《なが》い棒《ぼう》につり下《さ》げて、前後《ぜんご》をかつがせて運《はこ》ばせる。

「あのなかには、うどんげの花《はな》が入《はい》っているのではないか」

そんなうわさが広《ひろ》まる。天竺《てんじく》にあると伝《つた》え聞《き》く植物《しょくぶつ》。三千年《ねん》に一回《かい》、花《はな》が咲《さ》き、世《よ》の中《なか》にめでたいことが起《お》こる。きわめて貴重《きちょう》なものの意味《いみ》でもある。

かぐや姫《ひめ》の耳《みみ》にも入《はい》る。

「そうとしたら、庫持《くらもち》の皇子《みこ》に従《したが》わなければならない」

不安《ふあん》で、胸《むね》のつぶれる思《おも》いだった。

悩《なや》んでいるうちに、姫《ひめ》の家《いえ》の門《もん》がたたかれ、声《こえ》があった。

「庫持《くらもち》の皇子《みこ》です。やってまいりました」

そとをのぞいた者《もの》が告《つ》げる。

「正装《せいそう》でなく、旅《たび》の姿《すがた》でございます」

竹取《たけと》りじいさんが、門《もん》をあけて出《で》ると、皇子《みこ》が言《い》った。

「もう命《いのち》がけで、お望《のぞ》みの玉《たま》の枝《えだ》を持《も》ち帰《かえ》りました。箱《はこ》をあけて、ごらんに入《い》れましょう。いかがでしょう。早《はや》く、姫《ひめ》にお見《み》せして下《くだ》さい」

じいさんは、それを持《も》って門《もん》の中《なか》へ戻《もど》った。その枝《えだ》には、和歌《わか》がつけてある。

いたづらに身《み》はなしつとも玉《たま》の枝《え》を
　手折《たを》らでただに帰《かへ》らざらまし

身命《しんめい》をなげ出《だ》しての努力《どりょく》。そのあげくに手《て》にした玉《たま》の枝《えだ》です。おわかり下《くだ》さい。わたしは、ここからも手《て》ぶらでは帰《かえ》りませんよ。

姫《ひめ》は和歌《わか》も枝《えだ》も、気《き》の抜《ぬ》けたように眺《なが》めている。じいさんは、そばへ寄《よ》って言《い》う。

「あの皇子《みこ》に望《のぞ》まれた蓬莱《ほうらい》の玉《たま》の枝《えだ》。問題点《もんだいてん》ひとつない。それを、この通《とお》り、お持《も》ち帰《かえ》りになられた。もはや、とやかく言《い》いのがれはできません。少《すこ》しでも早《はや》くと、旅《たび》の姿《すがた》のまま、この家《いえ》へおいでになられた。お会《あ》いになり、親《した》しくなさるのがいいでしょう。すぐれた皇《み》子《こ》です」

姫《ひめ》はぼんやりと、手《て》のひらを顔《かお》に当《あ》てて、がっかりしている。できるわけがないと思《おも》って、お断《こと》わりの意味《いみ》で、あの難問《なんもん》を口《くち》にしたのに。まさか、持《も》ってくるとは。

皇子《みこ》は門《もん》を入《はい》り、縁側《えんがわ》に腰《こし》をかけ、声《こえ》にして言《い》う。

「ちゃんと仕事《しごと》を、なしとげたのです。どうのこうのとおっしゃられては、困《こま》ります」

じいさんも、うなずく。

「この国《くに》に、このようなものがあるとは、見《み》たことも、聞《き》いたこともない。本当《ほんとう》の玉《たま》の枝《えだ》でございましょう。玉《たま》であり、金《きん》であり、銀《ぎん》です。こうなっては、口実《こうじつ》も作《つく》れません。大《たい》変《へん》な苦労《くろう》をなさったのでしょう」

姫《ひめ》はつぶやく。

「おじいさん、乗《の》り気《き》になっている。育《そだ》ての親《おや》だと思《おも》っているからこそ、皇子《みこ》をあきらめさせようと、ああ言《い》ったのに。そこを察《さっ》してもくれないで」

じいさんは、部屋《へや》を片《かた》づけはじめている。そこで、すだれを上《あ》げれば、ご対面《たいめん》となり、二人《ふたり》の仲《なか》は進《すす》むのだ。じいさん、なにげなく皇子《みこ》に聞《き》く。

「ご苦労《くろう》のあげくです。この木《き》のあったのは、どんな場所《ばしょ》です。ふしぎなほど美《うつく》しく、めったにない眺《なが》めだったのでしょうね」

「もちろんですとも。ぜひ聞《き》いていただきたい……」

皇子《みこ》は、もっともらしく語《かた》りはじめた。

おととしの二月《がつ》の十日《とおか》ごろに、難波《なにわ》の港《みなと》から船《ふね》を出《だ》しました。二年《ねん》と少《すこ》し前《まえ》ということになりますね。しかし、広《ひろ》い海《うみ》の上《うえ》、どちらに向《むか》ったものかわからず、迷《まよ》いもしましたよ。

「だからといって、目的《もくてき》があるのにそれへの努力《どりょく》をしなかったら、なにが人生《じんせい》でしょう」

決心《けっしん》は変《かわ》らない。船《ふね》の動《うご》くのを風《かぜ》にまかせた。

「死《し》が待《ま》ちかまえていても、それは仕方《しかた》ない。生《い》きて、船《ふね》が移動《いどう》していれば、蓬莱《ほうらい》の山《やま》のある島《しま》に行《い》ける可能性《かのうせい》はある」

自分《じぶん》に言《い》いきかせ、風《かぜ》のない時《とき》は、船《ふね》をこぎました。わが国《くに》の陸地《りくち》も見《み》えなくなった。航行《こうこう》をつづけると、ある時《とき》は大波《おおなみ》に巻《ま》き込《こ》まれ、沈《しず》めば海底《かいてい》かと覚悟《かくご》しましたね。

知《し》らない国《くに》に流《なが》れつき、見《み》たこともない鬼《おに》のような人《ひと》が出《で》てきて、殺《ころ》されそうになった時《とき》もあった。

霧《きり》が立《た》ちこめ、東《ひがし》も西《にし》もわからなくなりましたし、船《ふね》の食料《しょくりょう》がなくなり、ふとんがわりにつんでおいた、草《くさ》の根《ね》を食《た》べた時《とき》もありましたよ。

形容《けいよう》のしようのない、あやしげなのが海《うみ》から出《で》てきて、食《く》いつかれかけました。海《うみ》の浅《あさ》いところでは、貝《かい》を拾《ひろ》って食《た》べましたよ。

方向《ほうこう》をきめようのない旅《たび》、助言《じょげん》してくれる人《ひと》もいない。釣《つ》った魚《さかな》は、まずくても食《た》べなければならない。いろいろな病気《びょうき》もしました。先《さき》のことは、予測《よそく》もつかない。船《ふね》は海《うみ》をた

だよいつづけました。

五百日目《にちめ》だったでしょうか。朝《あさ》の日《ひ》がのぼってしばらくの時刻《じこく》。海上《かいじょう》のはるかむこうに、小《ちい》さいけれど、山《やま》らしきものが見《み》えたのです。

船《ふね》をそちらに進《すす》めながら、じっと眺《なが》めましたよ。山《やま》も海《うみ》をただよっているようだ。蓬莱《ほうらい》山《さん》はそんな感《かん》じだと、話《はなし》に聞《き》いたことがある。かなり大《おお》きな山《やま》のようだ。山《やま》は高《たか》くそびえて美《うつく》しい。

「きっと、これだ。わたしの目《め》ざしていた山《やま》は」

と思《おも》うと、喜《よろこ》びにつづいて、簡単《かんたん》に上陸《じょうりく》しても大丈夫《だいじょうぶ》かと不安《ふあん》になった。海面《かいめん》からそびえている山《やま》の周囲《しゅうい》を、二、三日《にち》ほど漕《こ》ぎ回《まわ》っていましたよ。

すると、ある日《ひ》、山《やま》から人《ひと》がおりてきた。絹《きぬ》の衣《ころも》をまとった天人《てんにん》のような、若《わか》い女性《じょせい》。銀色《ぎんいろ》に光《ひか》るお碗《わん》で、あちこちで水《みず》をくんでいる。船《ふね》をおりて、聞《き》いてみました。

「この山《やま》は、なんと呼《よ》ぶのですか」

「蓬莱《ほうらい》の山《やま》です」

うれしさが、こみあげてきました。つい、あいさつがわりの質問《しつもん》をしてしまった。

「お名前《なまえ》は」

「ホウカンルリよ」

どう書《か》くのかなと考《かん》えているうちに、早《はや》い動作《どうさ》で山《やま》へ戻《もど》って行《い》きました。わたしもと思《おも》ったが、山《やま》はけわしく、普通《ふつう》の人間《にんげん》には登《のぼ》れそうにない。

仕方《しかた》ないので、あたりを歩《ある》き回《まわ》ってみました。これまでに見《み》たことのない、珍《めずら》しい花《はな》をつけた木《き》が、たくさんある。

山《やま》からは水《みず》が流《なが》れていて、金色《きんいろ》、銀色《ぎんいろ》、瑠璃色《るりいろ》と、川《かわ》によって色《いろ》がちがう。さっきの女《おんな》の人《ひと》の名《な》は、瑠璃《るり》に関係《かんけい》があるのだろうか。これらの水《みず》の色《いろ》をたしかめる役《やく》の名《な》かなと思《おも》ってもみました。

それらの川《かわ》には、いろいろな色《いろ》の美《うつく》しい玉《たま》をちりばめた橋《はし》がかかっている。どの木《き》も輝《かがや》いていて、虹《にじ》に包《つつ》まれているような気分《きぶん》でしたよ。

しかし、なすべきことを忘《わす》れてはいません。白《しろ》い玉《たま》の一枝《ひとえだ》を手《て》にしました。ゆっくり見《み》くらべれば、もっといい枝《えだ》があったかもしれませんね。

「お望《のぞ》みなのは、これだろうな」

と思《おも》ったのです。赤《あか》や青《あお》の玉《たま》のもありましたよ。しかし、白《しろ》の玉《たま》のこれはすがすがしくて、よかったかもしれません。

この上《うえ》なく楽《たの》しく、美《うつく》しい夢《ゆめ》の世界《せかい》にいるようで、ずっといたい感《かん》じです。しかし、一《ひと》枝《えだ》を手《て》にすると、これをお待《ま》ちの人《ひと》がいるのだと、心《こころ》がわたしに告《つ》げました。

いそがなくてはと、船《ふね》に乗《の》りました。うまいぐあいに追《お》い風《かぜ》が吹《ふ》いてくれ、四百日《にち》と少《すこ》しで帰《かえ》れました。

神仏《しんぶつ》にお祈《いの》りして出航《しゅっこう》したおかげでありましょう。難波《なにわ》の港《みなと》についたのが、きのうです。そこからすぐにここへ来《き》たので、衣服《いふく》には海《うみ》の水《みず》がしみているかもしれません。自宅《じたく》へ寄《よ》ることなく、ここへとかけつけたのです。

「……というふうに、いろいろな目《め》に会《あ》いました」

皇子《みこ》の冒険談《ぼうけんだん》は、一段落《いちだんらく》した。それを聞《き》いた竹取《たけと》りじいさん、感激《かんげき》し、ため息《いき》をついて、和歌《わか》をよんだ。

くれ竹《たけ》のよよの竹《たけ》とり野山《のやま》にも
さやはわびしきふしをのみ見《み》し

わたしは先祖《せんぞ》からずっと竹取《たけと》りを家業《かぎょう》として、世《よ》の中《なか》を生《い》きてきた。野山《のやま》を歩《ある》いて、普通《ふつう》の人《ひと》よりは多《おお》くのものを見《み》ています。面白《おもしろ》い話《はなし》も、語《かた》り伝《つた》えられて聞《き》いています。しかし、このような冒険《ぼうけん》の話《はなし》、ふしぎな山《やま》の話《はなし》など、はじめてです。といった意味《いみ》。

皇子《みこ》も満足《まんぞく》した。

「これまで、さまざまなことで、心《こころ》を悩《なや》ませていましたが、きょう、やっと落《お》ちつきましたよ」

そして、それに応《おう》じて和歌《わか》をひとつ。

わがたもと今日《けふ》かわければわびしさの
ちぐさの数《かず》も忘《わす》られぬべし

この着物《きもの》のそでは、乾《かわ》いたことがありません。涙《なみだ》をぬぐったことも何度《なんど》もあります。海《うみ》の波《なみ》にもぬれましたし、ひや汗《あせ》をふいたこともあります。しかし、今日《きょう》を境《さかい》に、それらのつらい思《おも》い出《で》も、きれいに乾《かわ》いて、忘《わす》れることができましょう。

皇子《みこ》は、すべてが順調《じゅんちょう》だと、気《き》をよくしていた。姫《ひめ》も文句《もんく》をつけられないようだ。蓬莱《ほうらい》の島《しま》を見《み》た人《ひと》などいないのだから、あれこれ言《い》う人《ひと》など、ないはずだ。

かくして、もう一歩《いっぽ》という時《とき》。

六人《にん》の男《おとこ》たちが、連《つ》れだって庭《にわ》へやってきた。代表《だいひょう》らしいのがひとり、長《なが》い棒《ぼう》の先《さき》へ手紙《てがみ》をはさんだのを、さしのべる。位《くらい》の高《たか》い人《ひと》に渡《わた》す礼法《れいほう》だ。竹取《たけと》りじいさん相手《あいて》では、いささか大《おお》げさだが。

「恐《おそ》れながら、申《もう》し上《あ》げます。この手紙《てがみ》をお受《う》けとり下《くだ》さい。怪《あや》しい者《もの》ではございません。わたしは加工《かこう》や細工《さいく》を仕事《しごと》とする、漢部《あやべ》という者《もの》でございます。玉《たま》の枝《えだ》を作《つく》り上《あ》げるために、身《み》を清《きよ》め、食事《しょくじ》の時間《じかん》も短《みじか》くし、仕事《しごと》をつづけました。千日《にち》ちかくになります。心血《しんけつ》をそそぎこんだのです。しかし、まだ、なんの報酬《ほうしゅう》もいただいておりません。それをお願《ねが》いします。わたくしどもの家族《かぞく》は、それをいただいてこいと申《もう》します。失礼《しつれい》な者《もの》たちではありますが、お察《さっ》し下《くだ》さい」

それを聞《き》き、じいさん、首《くび》をかしげる。

「なんですと。細工《さいく》だ、玉《たま》の枝《えだ》だ、千日《にち》だとか」

皇子《みこ》はとなると、とんでもない時《とき》にこの連中《れんちゅう》がと、あたふたし、出《で》なくなったはずの、ひや汗《あせ》が出《で》はじめた。

かぐや姫《ひめ》は、じいさんに言《い》った。

「どうも、大事《だいじ》なことのようよ。それをこっちに持《も》ってきて下《くだ》さい」

それを開《ひら》いて、読《よ》んでみる。内容《ないよう》はつぎのようだった。

皇子《みこ》さまから、ぜひにとのおたのみで、

わたくしどもは玉《たま》の枝《えだ》を作《つく》りました。身分《みぶん》の低《ひく》いわたくしどもと同《おな》じく、皇子《みこ》さまも仕事《しごと》場《ば》にこもりきりでした。ご立派《りっぱ》なかたです。

そのため、千日《にち》ちかくも、だれも一回《いっかい》も外《そと》へ出《で》ず、細工《さいく》にはげんだのです。作《つく》りなおしも何回《なんかい》かありました。出来上《できあ》がったら、地位《ちい》や肩書《かたがき》もいただけるとのお話《はなし》でした。

それなのに、家族《かぞく》のほうにも、お礼《れい》はなにもとどいていない。聞《き》くところによると、こちらのかぐや姫《ひめ》とご一緒《いっしょ》になる時《とき》の、おくりもののためとか。竹取《たけと》りのお屋敷《やしき》なら、いまや長者《ちょうじゃ》。かわりに立《た》て替《か》えていただけるのではないかと参上《さんじょう》したのです。

こんなこととは。そとでは声《こえ》がつづいている。

「なにとぞ、よろしく」

それを聞《き》き、かぐや姫《ひめ》はにっこりした。日《ひ》が暮《く》れるにつれ、心《こころ》も沈《しず》んでいったのだ。夜《よる》になったら、皇子《みこ》と部屋《へや》をともにしなければならない。とくに好《す》きでもない男《おとこ》と、いやおうなしに。

それが一変《いっぺん》したのだ。うれしい笑《わら》い顔《がお》になる。じいさんを呼《よ》んで言《い》った。

「蓬萊《ほうらい》の木《き》の本物《ほんもの》とばかり思《おも》ったのに、じつはでたらめの話《はなし》で、にせ物《もの》だったとは。玉《たま》の枝《えだ》は、皇子《みこ》に早《はや》く返《かえ》してあげなさい」

「この手紙《てがみ》の通《とお》りとなると、国内《こくない》で作《つく》った品《しな》ですね。はっきりしたのですから、枝《えだ》を返《かえ》して、帰《かえ》っていただきましょう」

じいさんは、うなずいた。本物《ほんもの》らしいような気《き》がしたのにと、残念《ざんねん》でもあった。

かぐや姫《ひめ》は、すっかりはればれした気分《きぶん》。枝《えだ》を返《かえ》すのなら、和歌《わか》もつけてと。

まことかと聞《き》きて見《み》つれば言《こと》の葉《は》を
　飾《かざ》れる玉《たま》の枝《え》にぞありける

話《はなし》を聞《き》いて本物《ほんもの》と思《おも》いかけたのに、それは言葉《ことば》だけ。話《はなし》で枝葉《えだは》を飾《かざ》りたてた、作《つく》り物《もの》だったのですね。

そして、その玉《たま》の枝《えだ》を返《かえ》してしまった。

じいさんは、皇子《みこ》の冒険談《ぼうけんだん》に引《ひ》き込《こ》まれ、熱中《ねっちゅう》しすぎて、疲《つか》れが出《で》た。最初《さいしょ》に本物《ほんもの》と思《おも》い込《こ》み、姫《ひめ》にすすめたりして、ていさいも悪《わる》い。眠《ねむ》ってしまうに限《かぎ》ると、壁《かべ》にもたれて、うとうとしはじめた。

皇子《みこ》はとなると、どうにも動《うご》きようがない。立《た》っても、すわっていても、人目《ひとめ》について、みっともない。うすぐらいのが、わずかな救《すく》い。弁解《べんかい》のしようもない。そのうち、やっと日《ひ》がくれ暗《くら》くなった。それにまぎれて、そっと出《で》て帰《かえ》っていった。

かぐや姫《ひめ》は、手紙《てがみ》を持《も》ち込《こ》んだ細工師《さいくし》たちへの返事《へんじ》がまだだったのに気《き》がついた。近《ちか》くへ呼《よ》んで、すだれ越《ご》しに声《こえ》をかけた。

「どうもありがとう。うれしくてなりません」

たくさんの報酬《ほうしゅう》を与《あた》えた。だれも、大喜《おおよろこ》びだった。

「お願《ねが》いしてみてよかった。こんなにいただけるとは」

うかれて帰《かえ》っていった。

しかし、ただではすまなかった。道《みち》ばたで庫持《くらもち》の皇子《みこ》が待《ま》ちかまえていて、だれかれかまわず、なぐりつけた。血《ち》も流《なが》れる。

「わたしの気分《きぶん》を、考《かんが》えてみろ。少《すこ》し待《ま》てば、払《はら》ってやったのに」

細工師《さいくし》たちが竹取《たけとり》の家《いえ》でもらった品物《しなもの》を、とりあげ、あちこちに投《な》げ捨《す》ててしまった。あまりの荒《あ》れかたに、みな、われ先《さき》にと逃《に》げて行《い》く。そのあと、皇子《みこ》はお供《とも》の者《もの》に言《い》った。

「これまでの人生《じんせい》で、こんなに大《おお》きな恥《はじ》をかいたことはない。姫《ひめ》をわがものと出来《でき》なかったのも残念《ざんねん》だが、みっともない結果《けっか》となった。はずかしさを背《せ》にしての生活《せいかつ》は、考《かんが》えただけでもやりきれない」

ただひとり、山《やま》の森《もり》のなかへと歩《ある》いて入《はい》っていった。おそばにつかえる人《ひと》たちは、人《ひと》もやとって、各地《かくち》に出《で》かけ、なにか消息《しょうそく》を得《え》ようとした。はるか遠《とお》くまで行《い》かれたのか、おなくなりになったのか、それらしき人《ひと》の姿《すがた》もうわさも、なにもなかった。親《した》しかった人《ひと》たちの目《め》からも、消《き》えてしまったのだろう。それから何年《なんねん》も、うわさすら伝《つた》わってこなかった。

こんなことで〈たまさかる〉という言葉《ことば》がはやった。予想《よそう》しなかった目《め》に会《あ》うとの意味《いみ》で使《つか》われている。

玉《たま》の枝《えだ》のことで、魂《たましい》を失《うしな》ったようになったとの形容《けいよう》でもある。たまりかねる、たまらないも、一連《いちれん》の言葉《ことば》だろう。

玉極《たまきわ》ると書《か》いて「たまきわる」と読《よ》む。「いのち」や「世《よ》」や「うつつ」にかかる枕詞《まくらことば》。

ひとつの人生《じんせい》と、みとめる人《ひと》もあってもいい。


ひと息《いき》。やれやれですね。

この物語《ものがたり》。五人《にん》のなかで最《もっと》も長《なが》い。

やっぱり、だめでしたねえ。いい線《せん》までいったのに。計画《けいかく》の立《た》て方《かた》もよかったし、それなりの努力《どりょく》もしている。

蓬莱山《ほうらいさん》が神仙《しんせん》の住《す》むところとは、はるかに古《ふる》い中国《ちゅうごく》の伝説《でんせつ》。確実《かくじつ》な話《はなし》は、なにもわからない。それを望《のぞ》まれた。

しからば、同一《どういつ》の物《もの》を作《つく》ればいいのだろう。それに財産《ざいさん》と情熱《じょうねつ》を傾《かたむ》けた。ただ命《めい》じただけではない。自分《じぶん》も作業《さぎょう》にまざり、千日《にち》ちかくも、あれこれくふうしたのだ。

石作《いしづくり》の皇子《みこ》のように、ぶらりと歩《ある》いて見《み》つけたのとは、わけがちがう。

つとめ先《さき》にも、理由《りゆう》をつけて正式《せいしき》に休《やす》ませてもらった。すべてを制作《せいさく》のために注《そそ》ぎ込《こ》んだのだ。

完成品《かんせいひん》を持《も》ってゆくと、姫《ひめ》はまさかと驚《おどろ》き、じいさんも信《しん》じた。ちゃんと、金《きん》、銀《ぎん》、玉《たま》で作《つく》られているのだ。最高級《さいこうきゅう》の人《ひと》たちの手《て》による細工《さいく》なのだ。

あの冒険談《ぼうけんだん》だって、面白《おもしろ》かったはずだ。蓬莱山《ほうらいさん》は、島《しま》なんかじゃない。海《うみ》からそびえる、けわしい山《やま》。異様《いよう》なる川《かわ》や木《き》。印象《いんしょう》に残《のこ》る話《はなし》だった。

まったく、すごいやつさ。その着想《ちゃくそう》、財力《ざいりょく》、努力《どりょく》、物語《ものがたり》を作《つく》らせても天下一品《てんかいっぴん》。しかも、身分《みぶん》だっていい。普通《ふつう》だったら、理想的《りそうてき》な人物《じんぶつ》と扱《あつか》っていいと思《おも》う。

それなのに、かぐや姫《ひめ》は、気《き》が進《すす》まなかった。そこが、この物語《ものがたり》の特色《とくしょく》だろう。この世《よ》の思考《しこう》や価値基準《かちきじゅん》を、姫《ひめ》は無視《むし》する。なお、先《さき》を読《よ》みたくさせる。

玉《たま》の枝《えだ》の玉《たま》だが、当時《とうじ》「しらたま」とは、日本《にほん》では真珠《しんじゅ》を意味《いみ》した。しかし、大《おお》きさの点《てん》で、木《き》の実《み》にふさわしくない。稲《いね》の穂《ほ》のようにみのらせたら、草《くさ》だ。

玉《たま》は「ギョク」とも読《よ》み、中国《ちゅうごく》では宝物《たからもの》とされた。緑《みどり》のはヒスイだが、白《しろ》く美《うつく》しいのもある。勾玉《まがたま》の形《かたち》のは日本特有《にほんとくゆう》。蓬莱山《ほうらいさん》には海岸《かいがん》のイメージがなく、この美《うつく》しい石《いし》の意味《いみ》で読《よ》むべきだろう。文中《ぶんちゅう》、球《たま》の表記《ひょうき》を玉《たま》に統一《とういつ》した。

この主人公《しゅじんこう》、車持《くらもち》の皇子《みこ》とした本《ほん》もあるが、庫《くら》が少《すこ》し関連《かんれん》しているので、私《わたし》は庫《くら》にした。書《か》きうつす時《とき》、複雑《ふくざつ》な形《かたち》に変《か》わる例《れい》は少《すく》ないだろう。作《つく》り話《ばなし》の冒険航海《ぼうけんこうかい》、九百日《にち》を話《はな》している。これは、大《おお》げさの限界《げんかい》か。そのため、千日《にち》を越《こ》える文《ぶん》は、少《すこ》しなおした。

幕切《まくぎ》れも、すさまじい。ずっと同《おな》じ家《いえ》で働《はたら》きつづけてきた連中《れんちゅう》の、軽率《けいそつ》なふるまい。そいつらにだまってはいられない。苦心《くしん》の作《さく》も、この時《とき》にこわし、捨《す》ててしまったのだろう。

庫持《くらもち》の皇子《みこ》は、女性《じょせい》、人間《にんげん》、世《よ》の中《なか》、なにも信《しん》じられなくなった。自然《しぜん》のなかに、とけこみたくもなるだろう。仙人《せんにん》になれたかもしれない。

物語《ものがたり》を聞《き》かされる人《ひと》たちは、つまらぬ語呂《ごろ》あわせに笑《わら》いながらも、なにかふっきれないものを感《かん》じ、先《さき》を知《し》りたがる。

どうなりますか。

五、火《ひ》ねずみの皮衣《かわごろも》

姫《ひめ》から火《ひ》ねずみの皮衣《かわごろも》を望《のぞ》まれたのは、右大臣《うだいじん》の阿部《あべ》の御主人《みうし》。ほかの四人《にん》よりは、いくらか年長《ねんちょう》だったようだ。

財産《ざいさん》もあり、家族《かぞく》、親類《しんるい》、知人《ちじん》も多《おお》く、みな栄《さか》えていた。竹取《たけと》りじいさんも姫《ひめ》に、男《おとこ》とともに一家《いっか》を栄《さか》えさせるようにとすすめた。当時《とうじ》は、そういった安定《あんてい》が幸福《こうふく》だったのだ。

この右大臣《うだいじん》は、その年《とし》に唐《とう》（中国《ちゅうごく》）からやってきた交易船《こうえきせん》に王慶《おうけい》という人《ひと》が乗《の》っていることに気《き》づいた。まだ筑紫《つくし》（九州《きゅうしゅう》）の博多《はかた》の港《みなと》に来《き》ているらしい。右大臣《うだいじん》は手紙《てがみ》を書《か》いた。

〈王《おう》さん、わたしは火《ひ》ねずみの皮衣《かわごろも》という品《しな》が、ぜひ欲《ほ》しいのです。今度《こんど》おいでの時《とき》、買《か》ってきて下《くだ》さい。どんなものか、くわしく知《し》りませんが〉

それを、部下《ぶか》のなかで信用《しんよう》のできる者《もの》、小野《おの》の房守《ふさもり》にとどけさせた。また、いくらか見《けん》当《とう》もつかないが、代金《だいきん》として、かなりの黄金《こがね》をも持参《じさん》させた。
小野《おの》は、王《おう》さんの返事《へんじ》を持《も》ち帰《かえ》る。こんなことが書《か》いてある。

火《ひ》ねずみの皮衣《かわごろも》とは、大変《たいへん》なものをおさがしですね。さすが、阿部《あべ》の右大臣《うだいじん》のお考《かんが》えは、大《おお》きいものですね。

この品《しな》は、わが唐《とう》の国《くに》では産出《さんしゅつ》していないものです。貴重《きちょう》な品《しな》であるという、話《はなし》は聞《き》いたことがありますが。

高価《こうか》とはいえ、もし実在《じつざい》する品《しな》ならば、だれかが見《み》て、入手法《にゅうしゅほう》などわかっていていいはずなのですが。どうやら、この取引《とりひき》はむずかしいもののようですよ。

しかし、この世《よ》は広《ひろ》い。天竺《てんじく》（インド）の国《くに》あたりでは、お金持《かねも》ちが持《も》っていないとも限《かぎ》らない。そういった方面《ほうめん》に当《あた》ってみましょう。

お金《かね》はおあずかりしますが、どこにも存在《そんざい》しない品《しな》とわかれば、お返《かえ》しいたします。いずれどちらかを、お使《つか》いのかたにお渡《わた》しいたしましょう。

阿部《あべ》の右大臣《うだいじん》は、うまくゆくかどうか、姫《ひめ》のことを思《おも》ったりし、月日《つきひ》は流《なが》れていった。

つぎの年《とし》、唐《とう》から船《ふね》の来《く》る時期《じき》、小野《おの》は博多《はかた》へ出《で》かけて待《ま》っていた。どうやら、王《おう》さんと品物《しなもの》のやりとりをしているらしいと、話《はなし》が京《きょう》へ伝《つた》わった。

右大臣《うだいじん》は早《はや》く実物《じつぶつ》を手《て》にしたいと、各地《かくち》に馬《うま》を配置《はいち》させた。とくに早《はや》い馬《うま》で、警護《けいご》の者《もの》も用意《ようい》させた。

そのため、小野《おの》は品物《しなもの》の入《はい》った箱《はこ》を大切《たいせつ》に持《も》ち、馬《うま》を乗《の》りつぎながら、京《きょう》へと急《いそ》いだ。

なんと、七日《なのか》で着《つ》いてしまった。

右大臣《うだいじん》は、王《おう》さんからの手紙《てがみ》を読《よ》んだ。


右大臣《うだいじん》さまも、さぞ、お待《ま》ちかねでしたでしょう。わたしも、いろいろと努力《どりょく》いたしました。

店《みせ》の者《もの》たちを各方面《かくほうめん》に出張《しゅっちょう》させ、さがさせました。そして、なんとか手《て》に入《い》れました。

その経過《けいか》を、お知《し》らせします。

むかし、天竺《てんじく》の聖人《せいじん》であるお坊《ぼう》さんが、この唐《とう》の国《くに》の西《にし》のほうの寺院《じいん》に運《はこ》んできて、そこに保存《ほぞん》されていることが判明《はんめい》いたしました。

まあ秘宝《ひほう》あつかいなので、売《う》りたがらない。そこで、お役所《やくしょ》の力《ちから》をおかりし、なんとか買《か》いとりました。しかし、その寺《てら》のある地方《ちほう》の役所《やくしょ》は、まだ不満《ふまん》なようす。

そこで、わたしが自分《じぶん》でそれを払《はら》ったのです。それが五十両《りょう》。そのぶんを、さらにお支《し》払《はら》いいただきたい。

近《ちか》いうちに、船《ふね》は帰国《きこく》のため、出発《しゅっぱつ》いたします。早《はや》くお願《ねが》いします。むりでしたら、皮《かわ》衣《ごろも》のほうをお返《かえ》し下《くだ》さい。ほかに買《か》い手《て》をさがしますから。


これを読《よ》み、右大臣《うだいじん》は大喜《おおよろこ》び。

「あの王《おう》さん、相談《そうだん》なしに五十両《りょう》をだしたので、気《き》にしているみたいだな。それですむのなら、すぐにでもお渡《わた》しする。ごくろうさまだ。ありがたい。だれか、早《はや》くとどけてやれ」

西《にし》の博多《はかた》のほうへ頭《あたま》を下《さ》げ、手《て》を振《ふ》り、うれしさをかくさない。

こうして手《て》に入《い》れた皮衣《かわごろも》の入《はい》った箱《はこ》。外側《そとがわ》にさまざまな色《いろ》の、美《うつく》しい宝石《ほうせき》をちりばめ、すばらしい。

そのなかに、皮衣《かわごろも》が入《はい》っている。深《ふか》みのある青《あお》い色《いろ》で、毛皮《けがわ》の細《ほそ》い毛《け》の先《さき》は、どれも金《きん》色《いろ》の光《ひかり》をおびている。火《ひ》に強《つよ》いというふしぎな性質《せいしつ》も珍《めずら》しいが、見《み》ているだけで、くらべものがない貴重《きちょう》な品《しな》との思《おも》いが高《たか》まってくる。

だれもそう思《おも》い、右大臣《うだいじん》は言《い》った。

「これほどみごとな品《しな》なのだからなあ。みとれてしまう。かぐや姫《ひめ》が望《のぞ》まれるのも、むりもない」

ていねいに箱《はこ》に入《い》れなおし、自分《じぶん》はお化粧《けしょう》にかかる。

「ありがたいことに、すべてうまくいっている。うんと若《わか》づくりの化粧《けしょう》をしよう。姫《ひめ》に合《あ》

わせてね。きょうの夜《よる》は、姫《ひめ》の家《いえ》ですごすことになるのだから」

花《はな》のついた枝《えだ》を持《も》ってこさせ、作《つく》った歌《うた》とともに、箱《はこ》にのせる。

限《かぎ》りなき思《おも》ひに焼《や》けぬ皮衣《かはごろも》
たもと乾《かわ》きて今日《けふ》こそは着《き》め

姫《ひめ》のことを思《おも》いつづけるわたしの心《こころ》は、炎《ほのお》のようでございました。その炎《ほのお》も、そでの涙《なみだ》を乾《かわ》かして、役目《やくめ》を終《お》えました。皮衣《かわごろも》の強《つよ》さと美《うつく》しさ。これからの二人《ふたり》の仲《なか》を、あらわしているようです。


出《で》かけていって、門《もん》の前《まえ》で呼《よ》びかけた。竹取《たけと》りじいさんは、いきさつを聞《き》いた。

「うわさは聞《き》いていましたが、おみごとです。まずは、品物《しなもの》を姫《ひめ》に」

と箱《はこ》を受《う》けとり、運《はこ》んでいって、姫《ひめ》の前《まえ》で箱《はこ》をあけた。

「さすがに美《うつく》しい皮衣《かわごろも》ですね。そこまでは、みとめましょう。しかし、これが本当《ほんとう》に火《ひ》ねずみの皮《かわ》かどうかは、まだわかりませんよ」

と疑《うたが》う姫《ひめ》に、じいさんは言《い》った。

「とにかく、なかに入《はい》っていただき、となりの部屋《へや》で待《ま》っていただきましょう。わたしも、いちいち話《はなし》を取《と》り次《つ》ぐのは、大変《たいへん》です。とにかく、あのかたのお話《はなし》を聞《き》いていていただきたい。思《おも》っていたより、はるかに美《うつく》しい皮衣《かわごろも》。いちおう本物《ほんもの》とお考《かんが》え下《くだ》さいね。いじめるおつもりでは、いけません。これを目《め》にすることが、できたのですから」

右大臣《うだいじん》は案内《あんない》され、つぎの部屋《へや》で待《ま》つことになった。

今回《こんかい》は、じいさんの妻《つま》も姫《ひめ》のそばへ来《き》て、皮衣《かわごろも》を見《み》た。

「美《うつく》しいものですね。手《て》に入《い》れるため、ご苦心《くしん》なさったと思《おも》いますよ」

いい相手《あいて》の男《おとこ》と姫《ひめ》が生活《せいかつ》するのを、妻《つま》も期待《きたい》しているのだ。夫婦《ふうふ》ともども、姫《ひめ》のしあわせを願《ねが》っている。むりやりにはできないが、うまくいってほしいものだ。右大臣《うだいじん》は、身分《みぶん》も高《たか》いし。

やがて、かぐや姫《ひめ》が言《い》った。

「はじめから疑《うたが》っているのではありません。本物《ほんもの》でしたら、あのかたに従《したが》いましょう。お約束《やくそく》なのですから。火《ひ》で焼《や》けない品《しな》でしたね。おじいさんは、この美《うつく》しさは信《しん》じていいと言《い》われた。それだったら、焼《や》いてみましょう。本物《ほんもの》なら、もっと美《うつく》しくなるはずですから」

「それも、もっともですね……」

じいさん、右大臣《うだいじん》に伝《つた》える。

「……とのことですが、火《ひ》にかけてもいいでしょうね」

「この皮衣《かわごろも》は、唐《とう》の国《くに》にもなかったのを、手《て》をつくして求《もと》めたものです。にせと思《おも》ったことは、一回《いっかい》もありません。しかし、言《い》われてみると、お考《かんが》えはわかります。早《はや》くきめてしまいましょう」

そこで、家《いえ》の手伝《てつだ》いの者《もの》を呼《よ》び、火《ひ》を入《い》れたものを持《も》って来《こ》させ、なかに入《い》れる。皮衣《かわごろも》はたちまち燃《も》えはじめた。

「これは、どういうことでしょう。あのかたに、お見《み》せしなさい」

すぐに、右大臣《うだいじん》のそばに運《はこ》ばれた。大金《たいきん》を使《つか》って買《か》った、美《うつく》しい皮衣《かわごろも》。それが、目《め》の前《まえ》で灰《はい》となってゆく。まさかの思《おも》いで、右大臣《うだいじん》の顔《かお》は青《あお》ざめ、だまってすわったまま。

姫《ひめ》は、なっとくしてもらえたと考《かんが》えた。

「これで、さっぱりしました」

歌《うた》をもらったことに対《たい》し、返事《へんじ》の歌《うた》を作《つく》って箱《はこ》に入《い》れて渡《わた》させた。

なごりなく燃《も》ゆと知《し》りせば皮衣《かはごろも》
　思《おも》ひのほかに置《お》きて見《み》ましを

燃《も》えてしまうとは、思《おも》ってもみませんでした。美《うつく》しさが、なごりおしい。二人《ふたり》の仲《なか》も、結論《けつろん》を出《だ》すことをしないで、内心《ないしん》で楽《たの》しんでいたほうがよかったのかもしれませんね。

こうなっては、どうしようもない。右大臣《うだいじん》は帰《かえ》っていった。

しばらく、人《ひと》びとの話題《わだい》になった。

「右大臣《うだいじん》さまは、火《ひ》ねずみの皮衣《かわごろも》で、姫《ひめ》の心《こころ》を包《つつ》み取《と》りましたのでしょうか」

「いやいや、火《ひ》で灰《はい》、水《みず》の泡《あわ》です。おあいにくさまですね」

そんなことで、あっけない結果《けっか》を〈あえなし〉と呼《よ》ぶのがはやった。阿部《あべ》さんが、集《あつ》めたお金《かね》をあえて使《つか》い、そして会《あ》えたのが、あおざめた自分《じぶん》。あいらしい相手《あいて》は、あいかわらずだったのでね。

ま、ひと息《いき》。

うまくいきませんな。堂々《どうどう》たる正攻法《せいこうほう》だったのにね。私財《しざい》と地位《ちい》、それを使《つか》ってだから、有利《ゆうり》とはいえた。

唐《とう》との交易《こうえき》を私的《してき》に使《つか》うのは、表《おもて》むきにはいけないことだった。それをおかし、妙《みょう》な品《しな》をつかまされ、金《かね》を失《うしな》ってしまった。いつの世《よ》にも、こういう事件《じけん》は起《おこ》っているのだ。

がっかりはしただろうが、当《あた》りちらすこともなく、絶望《ぜつぼう》にひたったわけでもない。若者《わかもの》でないせいか、そこが右大臣《うだいじん》たるゆえんか。

にくめない人《ひと》だ。財産《ざいさん》も、地位《ちい》も、ゆとりのある性格《せいかく》も持《も》っている。こういうのを好《す》きな女性《じょせい》もいるのではないか。昔《むかし》は、このあたりでと思《おも》うのが普通《ふつう》だったと思《おも》う。姫《ひめ》は、それにも、だめとの決着《けっちゃく》をつけてしまった。

物語《ものがたり》を聞《き》く人《ひと》は、おやおやと思《おも》う。日本的《にほんてき》な行動《こうどう》ではないな。ふしぎな姫《ひめ》だ。そのへんの展開《てんかい》が巧《たく》みなのだろう。

どうでもいいことだが、小野《おの》という部下《ぶか》が、唐《とう》の王《おう》さんと、どこで交渉《こうしょう》したのか、明確《めいかく》でない。本《ほん》によって、みなちがう。

手紙《てがみ》と代金《だいきん》とを持《も》って、唐《とう》へ出《で》かけ、交易船《こうえきせん》で戻《もど》ってきたとの読《よ》み方《かた》もある。博《はか》多《た》で会《あ》って、いっしょに唐《とう》へ渡《わた》ったとの読《よ》み方《かた》もある。博多《はかた》で待《ま》ちつづけの説《せつ》もある。

私《わたし》は、自分《じぶん》なりに、無難《ぶなん》なまとめ方《かた》をした。小舟《こぶね》でも、交易船《こうえきせん》でも、単身《たんしん》で出《で》かけていっては、大《おお》げさではないか。渡《わた》っていったのなら、むこうで不審《ふしん》な品《しな》と気《き》づいているはずだ。

どの説《せつ》をとっても、話《はなし》の本筋《ほんすじ》には変《かわ》りがない。今回《こんかい》は、おおらかな人《ひと》のよさを代《だい》表《ひょう》の男《おとこ》にしてみた。それもだめとはね。

ならば、つぎは。

六、龍《りゅう》の首《くび》の玉《たま》

大納言《だいなごん》の大伴《おおとも》の御行《みゆき》は、望《のぞ》まれた品《しな》を、どうやって手《て》に入《い》れるかを考《かんが》えた。そして、まさに単純《たんじゅん》な方法《ほうほう》をとった。

自分《じぶん》の家《いえ》にいる部下《ぶか》の男《おとこ》たちを、みな集《あつ》めて言《い》った。

「龍《りゅう》の首《くび》のあたりに、光《ひか》る玉《たま》がついているそうだ。虹《にじ》のように、五色《ごしき》に輝《かがや》きを変《か》える。それを取《と》ってきた者《もの》には、願《ねが》いどおり、どんなお礼《れい》もする。やってもらいたい」

しかし、男《おとこ》たちは、おたがいに話《はな》し合《あ》う。

「おつかえする主君《しゅくん》のご命令《めいれい》ですし、やるべきなのでしょうがね」

「そうなのです。これは、なかなかむずかしい仕事《しごと》ですよ」

「龍《りゅう》とは、どこに住《す》んでいて、どうやれば首《くび》の玉《たま》を取《と》れるのだろうか」

「いつものご命令《めいれい》とは、ようすがちがいますからね」

勢《いきお》いのない者《もの》ばかりで、大納言《だいなごん》は言葉《ことば》を強《つよ》めた。

「おまえたちは、わたしの部下《ぶか》。それで生活《せいかつ》しているのだし、そこを考えろ。命《いのち》がけでも、やりとげる気《き》になってくれ。龍《りゅう》とは、唐《とう》の国《くに》や天竺《てんじく》だけにいるわけではない。日本《にほん》でも、海《うみ》や山《やま》の水中《すいちゅう》から、天《てん》にのぼり、また、水《みず》に戻《もど》ったりしているらしい。見《み》たという話《はなし》もある。やれないことはないだろう」

こうなると、ことわれない。

「いかに強《つよ》くお望《のぞ》みか、よくわかりました。大変《たいへん》な作業《さぎょう》のようですが、ご命令《めいれい》です。玉《たま》を求《もと》めて出発《しゅっぱつ》いたします」

それを聞《き》いて、大納言《だいなごん》は満足《まんぞく》。

「さすがだ。そうでなくてはならぬ。わが大伴《おおとも》の家《いえ》は、昔《むかし》から武力《ぶりょく》にすぐれていることで、知《し》られている。いかに勇《いさ》ましく任務《にんむ》をはたすか、世《よ》に示《しめ》してくれ」

「はい」

部下《ぶか》たちの出発《しゅっぱつ》を、はげまし、大納言《だいなごん》は必要《ひつよう》な品《しな》を手渡《てわた》す。旅行中《りょこうちゅう》の食品《しょくひん》をいろいろ。

さらに綿《わた》、銭《ぜに》、絹《きぬ》など。絹《きぬ》は売《う》れば銭《ぜに》になる。家《いえ》にあるものを、みんな出《だ》してしまった。

「それまで、わたしが遊《あそ》んでいるのではないぞ。身《み》を清《きよ》め、酒《さけ》も飲《の》まず、神仏《しんぶつ》に祈《いの》っている。だから、ぜひ取《と》って来《こ》い。それまで、ここに帰《かえ》ってくるな」

勇《いさ》ましく出《で》かけたはいいが、男《おとこ》たち、またも、ぶつくさ。

「玉《たま》を取《と》れなかったら、帰《かえ》るなとはね。やりにくいなあ」

「あっちを攻《せ》めろ、こっちを守《まも》れというのなら、力《ちから》の見《み》せようもあるけど」

「主君《しゅくん》は親《おや》と同《おな》じといっても、わけのわからない命令《めいれい》ではね。いつもは、いいかたなのに」

「どちらへ行《い》ったらいいのか。自分《じぶん》の足《あし》にまかせるか」

もらった品物《しなもの》を、不平《ふへい》のないよう分配《ぶんぱい》し、勝手《かって》な行動《こうどう》をとりはじめた。わが家《や》に帰《かえ》って、寝《ね》そべってしまう者《もの》。こういう時《とき》に好《す》きな旅《たび》をと、歩《ある》きはじめる者《もの》。

部下《ぶか》の男《おとこ》たちが、いなくなった。大納言《だいなごん》は、つぎの準備《じゅんび》についての計画《けいかく》を立《た》てた。

「玉《たま》が手《て》に入《はい》ったとなると、かぐや姫《ひめ》がここに住《す》むことになる。この程度《ていど》の家《いえ》では、ふさわしくないいな」

工事《こうじ》を急《いそ》がせ、立派《りっぱ》な家《いえ》を建《た》てた。うるしをぬった壁《かべ》を作《つく》り、その上《うえ》に金《きん》や銀《ぎん》で絵《え》やもようを描《えが》いた。

屋根《やね》の上《うえ》には、色《いろ》とりどりの造花《ぞうか》を飾《かざ》る。室内《しつない》の飾《かざ》りも、たとえようもない美《うつく》しさ。高価《こうか》な布《ぬの》に絵《え》を描《か》き、はりめぐらせる。

奥方《おくがた》や側室《そくしつ》たちに、出《で》ていってもらう。大納言《だいなごん》は、そこでひとり暮《くら》して、玉《たま》を待《ま》つ。

派手《はで》で、目立《めだ》つ家《いえ》。なかにひとり。おかしな眺《なが》めといえるだろう。

しかし、出発《しゅっぱつ》していった部下《ぶか》からは、なんの連《れん》絡《らく》もない。夜《よる》も門《もん》をたたく音《おと》を聞《き》きもらさないよう、注意《ちゅうい》していた。しかし、翌年《よくとし》になっても、うわさも伝《つた》わってこない。

待《ま》ちかねて、いらいらしている。大納言《だいなごん》は、あとに残《のこ》っていたとしよりの部下《ぶか》の二人《ふたり》を連《つ》れて、そまつな衣服《いふく》で難波《なにわ》の港《みなと》へ出《で》かけていった。舟《ふね》をこぐ人《ひと》をみつけ聞《き》いてみる。

「大伴《おおとも》の大納言《だいなごん》の部下《ぶか》と称《しょう》する人《ひと》たちが、船《ふね》を出《だ》させ、龍《りゅう》を殺《ころ》し、その首《くび》の玉《たま》を取《と》ったという話《はなし》を、耳《みみ》にしたことはないか」

舟人《ふなびと》は、大笑《おおわら》い。

「なにかの冗談《じょうだん》ですか」

「いや、本気《ほんき》だ」

「海《うみ》を知《し》らないかたですな。そんなことで船《ふね》を出《だ》す者《もの》など、あるわけがない」

「それでも、おまえは船乗《ふなの》りか。いくじなしめ。わたしが、武門《ぶもん》のほまれの高《たか》い、その大《おお》伴《とも》だぞ」

「はあ」

「とくに弓《ゆみ》の腕前《うでまえ》にすぐれている。龍《りゅう》をみつけさえすれば、矢《や》を命中《めいちゅう》させ、殺《ころ》し、首《くび》から玉《たま》をもぎとってみせる。まだ部下《ぶか》のひとりも、船《ふね》で出《で》ていないとは。ぐずぐずしている者《もの》は、ほっておくぞ」

その場《ば》で船《ふね》を買《か》い上《あ》げ、その船乗《ふなの》りをやとって、出航《しゅっこう》させた。しかし、どの方角《ほうがく》がいいのかは、わからない。

あちらへ寄《よ》り、こちらへ進《すす》んで、そのうち筑紫《つくし》の沖《おき》らしい海《うみ》へやってきた。都《みやこ》から、はるかに遠《とお》い。

その時《とき》、なにか意味《いみ》ありげに、強《つよ》い風《かぜ》が吹《ふ》きはじめた。黒《くろ》い雲《くも》がひろがり、暗《くら》くなる。日《ひ》の位置《いち》がわからなければ、東西《とうざい》も南北《なんぼく》も見当《けんとう》がつかない。

暴風《ぼうふう》で高《たか》まった波《なみ》に、船《ふね》は巻《ま》き込《こ》まれ、いつ海中《かいちゅう》に沈《しず》むかわからない。雷《かみなり》の音《おと》がひびき、イナズマが光《ひか》る。

さすがの大納言《だいなごん》も、どうしたものか迷《まよ》って、大声《おおごえ》をあげた。

「こんなひどい目《め》に、まだ会《あ》ったことがない。陸地《りくち》での戦《たたか》いなら、自信《じしん》もあるが、海《うみ》でとなると見当《けんとう》もつかない。これから、どうなるのだろう」

船乗《ふなの》りは答《こた》えた。

「わたしだって、長《なが》いあいだ、船《ふね》での体験《たいけん》をしてきましたが、こんなひどいのは、はじめてです。ただごとではない」

「どうなのか」

「このままでは、船《ふね》が沈《しず》む。そうでなかったら、ここに雷《かみなり》が当《あた》って、ばらばらになる。運《うん》よく神《かみ》の助《たす》けで船《ふね》が沈《しず》まないですんだとしても、はるか南《みなみ》の海《うみ》に流《なが》されてしまうでしょう。気《き》がすすまないのに、あなたにやとわれて船《ふね》を出《だ》した。なさけない結果《けっか》をたどることになって、ばかばかしい」

船乗《ふなの》りは泣《な》き出《だ》した。

「元気《げんき》を出《だ》せ。海《うみ》の上《うえ》での、おまえの能力《のうりょく》をみこんで、信用《しんよう》し、ここまで来《き》たのだ。そんな弱音《よわね》をはくなよ」

大納言《だいなごん》は、船酔《ふなよ》いで胃《い》のなかのものを海《うみ》に吐《は》きながら、呼《よ》びかけた。船乗《ふなの》りは青《あお》ざめて答《こた》える。

「神《かみ》さまじゃないのですから、わたしに出来《でき》ることは限《かぎ》られています。強《つよ》い風《かぜ》で波《なみ》が荒《あ》れるぐらいなら、それへの手段《しゅだん》ぐらいは知《し》っています。しかし、雷雲《らいうん》からイナズマとなると、これは普通《ふつう》ではない」

「申《もう》してみよ」

「どうやら、龍《りゅう》を殺《ころ》そうなどとの目的《もくてき》で船《ふね》を出《だ》したから、こうなったのでしょう。この、妙《みょう》に強《つよ》い風《かぜ》は、龍《りゅう》が吹《ふ》きかけているのでしょう。お心《こころ》を変《か》えて、神《かみ》に祈《いの》って下《くだ》さい。早《はや》く早《はや》く」

「よし、わかった……」

大納言《だいなごん》は、天《てん》にむかって言《い》った。

「……海《うみ》と船《ふね》をつかさどる神《かみ》さま。お聞《き》きとり下《くだ》さい。おろかなわたくしは、善悪《ぜんあく》をわきまえず、龍《りゅう》を殺《ころ》そうと思《おも》って、船《ふね》を出《だ》してしまいました。申《もう》しわけございません。これからは、決《けっ》していたしません。さわろうとさえ、考《かんが》えません。お助《たす》け下《くだ》さい」

祈願《きがん》の言葉《ことば》を大声《おおごえ》でくりかえし、立《た》ち上《あが》っては天《てん》に叫《さけ》び、身《み》を伏《ふ》せて海《うみ》に叫《さけ》ぶ。ここで誠意《せいい》を示《しめ》さなくてはならない。

それを千回《かい》ほどくりかえすと、神《かみ》のお耳《みみ》にとどいたのか、とどろく雷《かみなり》の音《おと》も遠《とお》ざかっていった。しかし、イナズマは時《とき》たま光《ひか》り、風《かぜ》の強《つよ》さはそのまま。

船乗《ふなの》りは、落《お》ち着《つ》きをとりもどした。

「危機《きき》は越《こ》えたようですよ。やはり、龍《りゅう》の起《おこ》した異変《いへん》でした。お許《ゆる》しが出《で》たのでしょう。少《すこ》し明《あか》るくなってきた。この風《かぜ》は強《つよ》いけれど、よい方向《ほうこう》へと吹《ふ》いている。その区別《くべつ》ぐらいは、わたしにもつけられます。ご安心《あんしん》を。なんとか帰《かえ》りつけるでしょう」

そう呼《よ》びかけられても、大納言《だいなごん》は龍《りゅう》のたたりの恐《おそ》ろしさが消《き》えず、耳《みみ》に入《はい》らない。

その風《かぜ》は、三日《みっか》か四日《よっか》も吹《ふ》きつづけて、船《ふね》は出航地《しゅっこうち》あたりへと戻《もど》され、海岸《かいがん》へたどりついた。船乗《ふなの》りは、どうやら播磨《はりま》（兵庫県《ひょうごけん》）の明石《あかし》の浜《はま》らしいと思《おも》った。

大納言《だいなごん》は頭《あたま》をかかえてうずくまり、あえぎながら声《こえ》を出《だ》した。

「南《みなみ》の海《うみ》の、どこともわからぬ島《しま》にたどりついたようだな」

船乗《ふなの》りは、明石《あかし》にある役所《やくしょ》にとどけ出《で》た。船《ふね》に乗《の》せた人物《じんぶつ》、身《み》なりは地味《じみ》だったが、地《ち》位《い》のある者《もの》のようなことを言《い》っていた。ほっておかないほうがいいだろうと。

役所《やくしょ》の人《ひと》たちが、船《ふね》を調《しら》べに来《き》た。大納言《だいなごん》は、船《ふね》の底《そこ》にかがみこみ、目《め》はつむったまま。そとを見《み》るのが、こわいのだ。

みなでかつぎあげて、海《うみ》ぞいの松林《まつばやし》のそばにむしろを敷《し》き、その上《うえ》におろした。役人《やくにん》たちは、あいさつをした。

「やはり、大伴《おおとも》の大納言《だいなごん》さまでしたか。浜《はま》に着《つ》きましたよ。もう大丈夫《だいじょうぶ》です。ご気分《きぶん》はいかがですか」

名《な》を呼《よ》ばれ、言葉《ことば》もわかるので、南《みなみ》の島《しま》でないらしいと知《し》った。身《み》を起《お》こし、あたりを眺《なが》める。

「ぶじに帰《かえ》れたわけか」

船《ふね》がゆれて体調《たいちょう》にわるかったのか、腹《はら》がふくれあがっている。大納言《だいなごん》は病気《びょうき》の症状《しょうじょう》が大《おお》げさに出《で》る人《ひと》なので、今回《こんかい》はオタフクカゼにかかったのか、左右《さゆう》の目《め》のあたりが、大《おお》きくはれあがっている。

スモモを二つ、くっつけたようだ。おかしな顔《かお》つきなので、役人《やくにん》たちは、失礼《しつれい》とは思《おも》いつつも、くすくす笑《わら》い出《だ》してしまった。

ひと休《やす》みしたあと、大納言《だいなごん》は輿《こし》を作《つく》らせた。人《ひと》を乗《の》せて、かついで運《はこ》ぶもの。このへんでは、貴人《きじん》の乗《の》り物《もの》は用意《ようい》してなかったのだ。その上《うえ》でうめきながら、なんとか京《きょう》の家《いえ》へと帰《かえ》りついた。

その話《はなし》をききつけて、命令《めいれい》を受《う》けて出発《しゅっぱつ》し、好《す》きなことをしていた部下《ぶか》たちが、つぎつぎとお屋敷《やしき》へ帰《かえ》ってきた。

「お元気《げんき》で、お祝《いわ》い申《もう》し上《あ》げます。わたくしたち、龍《りゅう》の玉《たま》を取《と》れなかったので、戻《もど》るに戻《もど》れませんでした。しかし、それをご自身《じしん》でやってごらんになり、いかに大変《たいへん》で困難《こんなん》なことか、おわかりになったのではありませんか。手《て》ぶらで帰《かえ》っても、もう、おとがめはないでしょうと、参上《さんじょう》したわけでございます。やはり、こちらにおつかえしたい」

横《よこ》たわって休《やす》んでいた大納言《だいなごん》は、起《お》きあがって男《おとこ》たちに言《い》った。

「おまえたち、それでよかったのだ。龍《りゅう》にたちむかったりしてみろ。あれは雷《かみなり》さまの仲《なか》間《ま》か、それ以上《いじょう》の力《ちから》を持《も》っているかの、どちらかだ。みな、死《し》んでいただろう。わたしは、よくない命令《めいれい》を出《だ》してしまった」

「おそれ入《い》ります」

「おまえたちが、龍《りゅう》をつかまえたとしよう。それは、逆《ぎゃく》に、つかまったことだ。だれが命《めい》じたか、答《こた》えさせられ、そのあげく、わたしまで殺《ころ》されることになったろう」

「おかげで、だれも助《たす》かりました」

しかし、大納言《だいなごん》は不快《ふかい》そうに言《い》う。

「帰《かえ》って休《やす》みながら、こわかった旅《たび》を思《おも》い出《だ》してみた。そもそも、こんな目《め》に会《あ》い、死《し》にかけたのも、もとはといえば、かぐや姫《ひめ》のせいだ。たちの悪《わる》いこと、泥棒《どろぼう》以上《いじょう》だ。わたしを殺《ころ》そうとして、こんな話《はなし》を持《も》ちかけたのだ」

「そうかもしれませんね」

「きっと、そうだ。ひとの死《し》など、なんとも思《おも》わない女《おんな》だ。あの家《いえ》のほうには、わたしは二度《にど》と近《ちか》づかない。おまえたちも、気《き》をつけたほうがいいぞ」

なにか、すっきりした気分《きぶん》。とにかく、命《いのち》は助《たす》かったのだ。大納言《だいなごん》は、戻《もど》ってきた男《おとこ》たちに、龍《りゅう》の玉《たま》を取《と》ってこなかったことをほめ、いい部下《ぶか》だと、家《いえ》に残《のこ》っていた品物《しなもの》をわけて与《あた》えた。

おかしな理屈《りくつ》で、その話《はなし》を聞《き》いて、別居中《べっきょちゅう》の奥方《おくがた》は、大笑《おおわら》い。笑《わら》いすぎて死《し》ぬかもしれないと、そばの者《もの》が心配《しんぱい》するほど。

新築《しんちく》した派手《はで》な家《いえ》。その屋根《やね》に飾《かざ》った造花《ぞうか》は、トビ、カラスなどが、巣《す》を作《つく》る材料《ざいりょう》にと、くわえていってなくなっていた。

「大伴《おおとも》の大納言《だいなごん》は、龍《りゅう》の玉《たま》を取《と》っておいでになったのか」

「いや、だめだった。しかし、両目《りょうめ》のまわりに一つずつ、大《おお》きな玉《たま》をつけてお帰《かえ》りになった。スモモのようだが、かじってみるか」

「食《た》べがたし」

それから、思《おも》うようにならないことを〈食《た》べがたし〉つまり〝堪《た》へがたい〟と言《い》うようになった。「たえがたい」である。

妙《たえ》なる玉《たま》をと、海《うみ》の旅《たび》。たえまもなしに台風《たいふう》が。食《た》べるどころか、息《いき》もたえだえ。たち悪《わる》の女《おんな》にたぶらかされた。まあ、こんなとこか。

ここでひと息《いき》。

今回《こんかい》も、うまくいきませんな。この物語《ものがたり》、はじめて聞《き》いたとして、五人《にん》のうち三人《にん》までだめとなると、四人目《にんめ》も同様《どうよう》と、ほぼ見当《けんとう》がついてしまう。

作者《さくしゃ》としては、趣向《しゅこう》をこらさなければならない。そこで、主人公《しゅじんこう》を現実《げんじつ》に海《うみ》へ出《だ》した。蓬莱《ほうらい》へ向《む》かった人《ひと》のは作《つく》り話《ばなし》だったが。

育《そだ》ちがいいので、世間《せけん》しらず。その面白《おもしろ》さは、当時《とうじ》の人《ひと》にとっては、たまらなかったろう。『ドン・キホーテ』の書《か》かれる、はるか以前《いぜん》の作《さく》なのだ。

身分《みぶん》の高《たか》い人《ひと》の苦難《くなん》の旅《たび》となると、ひとつのテーマであり、長編《ちょうへん》で書《か》かれることが多《おお》い。その元祖《がんそ》はここにあって、短《みじか》く、お笑《わら》い仕立《じた》てなのだからなあ。

しかし、主人公《しゅじんこう》にとっては、深刻《しんこく》な結末《けつまつ》なのだ。さんざんにいじめられた。それは、かわいさあまって憎《にく》さ百倍《ばい》との、感想《かんそう》となる。最近《さいきん》は使《つか》われないようだが、日《に》本語《ほんご》はうまい表現《ひょうげん》をする。

太宰治《だざいおさむ》『お伽草紙《とぎぞうし》』のなかの「カチカチ山《やま》」という作品《さくひん》を思《おも》い出《だ》した。もとのお話《はなし》はご存知《ぞんじ》だろうが、太宰《だざい》はウサギを美少女《びしょうじょ》の残酷《ざんこく》さのあらわれと見《み》て、タヌキは中年《ちゅうねん》のぶさいくな男《おとこ》とした。

まんまとウサギにだまされ、背中《せなか》に火《ひ》をつけられるわ、ひりひりする薬《くすり》をぬりつけられるわ、泥《どろ》の舟《ふね》で沈《しず》めさせられるわ、さんざんな目《め》に会《あ》わされる。美《うつく》しいが、やさしさがない。ギリシャ神話《しんわ》の三日月《みかづき》の女神《めがみ》まで持《も》ち出《だ》すが、私《わたし》の調《しら》べでは少《すこ》し誤解《ごかい》があるようなので、その名《な》は出《だ》さない。

さらに、好色《こうしょく》のいましめか、美少女《びしょうじょ》に手《て》を出《だ》すなか、くどく言《い》いよるなかと、教《きょう》訓《くん》をさぐっている。第三者《だいさんしゃ》には、こっけいな話《はなし》さと。また、善悪《ぜんあく》よりも、感覚優先《かんかくゆうせん》の世《よ》の中《なか》とも書《か》いている。太宰《だざい》の結論《けつろん》を、原文《げんぶん》の引用《いんよう》でここにのせる。

曰《いわ》く、惚《ほ》れたが悪《わる》いか。

古来《こらい》、世界中《せかいじゅう》の文芸《ぶんげい》の哀話《あいわ》の主題《しゅだい》は、一《いつ》にここにかかっていると言《い》っても過言《かごん》ではあるまい。女性《じょせい》にはすべて、この無慈悲《むじひ》な兎《うさぎ》が一匹《いっぴき》住《す》んでいるし、男性《だんせい》には、あの善良《ぜんりょう》な狸《たぬき》がいつも溺《おぼ》れかかってあがいている。作者《さくしゃ》の、それこそ三十何年来《さんじゅうなんねんらい》の、頗《すこぶ》る不振《ふしん》の経歴《けいれき》に徴《ちょう》してみても、それは明々白々《めいめいはくはく》であった。おそらくは、また、君《きみ》に於《お》いても。後略《こうりゃく》。

後略《こうりゃく》で終《おわ》るなんて珍《めずら》しいが、太宰《だざい》の「カチカチ山《やま》」についての新説《しんせつ》である。『竹《たけ》取《とり》』は、それより昔《むかし》のお話《はなし》。文芸《ぶんげい》の原点《げんてん》なら、こっちですよ。

「かぐや姫《ひめ》は悪女《あくじょ》だ」

大納言《だいなごん》の発言《はつげん》は、新鮮《しんせん》だ。そういえばと、はじめて気《き》づくわけだ。もともと、悪《あく》女《じょ》とは不美人《ふびじん》の女《おんな》のこと。「悪女《あくじょ》の深情《ふかなさ》け」は、不美人《ふびじん》ほど、つきまとうの意味《いみ》。私《わたし》は知《し》った上《うえ》で書《か》いているのだ。

美人《びじん》だが悪質《あくしつ》という意味《いみ》になったのは、ごく新《あたら》しい。しかし、たちまち定着《ていちゃく》した。つまり、大衆《たいしゅう》の好《この》みなのだ。その原形《げんけい》が、かぐや姫《ひめ》とはね。

しかし、それも、もとはといえば男《おとこ》の勝手《かって》な思《おも》い込《こ》み。読者《どくしゃ》や聞《き》き手《て》にとっては、

だからこそ面白《おもしろ》いのだ。

いよいよ、ラストバッター。

七、つばめの子《こ》安《やす》貝《がい》

さて、中納言《ちゅうなごん》の石上《いそのかみ》の麻呂足《まろたり》は、家《いえ》で働《はたら》いてくれている男《おとこ》たちに、命令《めいれい》を伝《つた》えた。

「つばめが巣《す》を作《つく》ったら、すぐに知《し》らせてくれ」

男《おとこ》たちはふしぎがり、やってきて、口《くち》ぐちに聞《き》いた。

「なんのために、そんなことを」

「つばめの持《も》っている、子安貝《こやすがい》を取《と》るためだ。それが、ぜひ欲《ほ》しい」

かぐや姫《ひめ》が、それを中納言《ちゅうなごん》に望《のぞ》んだのだ。とにかく、はじめなくてはならない。男《おとこ》のひとりが言《い》った。

「わたしは、つばめを何羽《なんわ》か殺《ころ》し、腹《はら》をさいてみましたけど、見《み》たことはありません。しかし、子《こ》を生《う》む時《とき》には、そばにあるのかもしれません。どこから持《も》ってくるのか、見当《けんとう》もつきませんが」

「殺《ころ》したとは、ひどいことをする。安産《あんざん》のききめのある貝《かい》だから、出産《しゅっさん》の時《とき》にそばにあるとは考《かんが》えられるな」

中納言《ちゅうなごん》がうなずくと、べつな男《おとこ》が言《い》う。

「人《ひと》が見《み》ようとすると、貝《かい》をかくしてしまうという話《はなし》もあります」

また、べつな男《おとこ》が言《い》う。

「朝廷《ちょうてい》のなかの、穀物《こくもつ》の倉庫《そうこ》。そのそばの、食事《しょくじ》を作《つく》る建物《たてもの》の軒下《のきした》に、つばめがたくさん巣《す》を作《つく》っています」

「そんなに多《おお》いか」

「はい。身《み》のこなしのいい者《もの》をえらんで、ハシゴのようなものを作《つく》って、のぼらせたらどうでしょう。つばめの数《かず》は多《おお》い。たまたま、子《こ》を生《う》む時《とき》にめぐりあうこともあるでしょう。のぞいて、そうとわかったら取《と》ってくればいいと思《おも》います」

名案《めいあん》のようだと、中納言《ちゅうなごん》は喜《よろこ》んだ。

「すばらしい方法《ほうほう》を考《かんが》えついてくれた。わたしは、現実的《げんじつてき》な計画《けいかく》を立《た》てるのが苦手《にがて》でねえ。

感心《かんしん》したぞ。すぐ、とりかかろう」

仕事熱心《しごとねっしん》らしい男《おとこ》を二十人《にん》ほどにその役《やく》を命《めい》じ、ハシゴをいくつも用意《ようい》させた。ご自身《じしん》は家《いえ》にいて待《ま》ったが、早《はや》く手《て》にしたい気分《きぶん》は押《お》さえられない。

「子安貝《こやすがい》は、手《て》に入《はい》ったか」

と何回《なんかい》も、ようすを見《み》に行《い》かせる。そのたびに、男《おとこ》たちがハシゴの位置《いち》を変《か》え上《のぼ》り下《お》りする。おかしな動《うご》きだし、目立《めだ》つし、見物人《けんぶつにん》もやってくる。つばめは、巣《す》に寄《よ》ってこなくなる。

その報告《ほうこく》では、命令《めいれい》の出《だ》しようもない。

「それは困《こま》ったな。しかし、どうしたものか」

いらいらしていると、その倉庫《そうこ》や建物《たてもの》をまかされているお役人《やくにん》、倉津麻呂《くらつまろ》という老人《ろうじん》がやってきた。倉《くら》のじいさんとの意味《いみ》か。

「妙《みょう》なさわぎなので、聞《き》いてみると、こちらのご命令《めいれい》とか。あれじゃ、だめです。みっともないし、笑《わら》ってる人《ひと》もいる。わたしの意見《いけん》をお聞《き》きになって下《くだ》さい」

「そうか。ぜひ教《おし》えてほしい」

中納言《ちゅうなごん》は、近《ちか》くに呼《よ》び寄《よ》せ、低《ひく》い声《こえ》で話《はな》し合《あ》った。倉《くら》のじいさんが言《い》う。

「つばめの子安貝《こやすがい》となると、やりかたがあるのです。二十人《にん》もの男《おとこ》が、ハシゴを上下《じょうげ》し、少《すこ》しずらして、またのぼって巣《す》をのぞきこむ。その光景《こうけい》をお考《かんが》え下《くだ》さい」

「子《こ》を生《う》むどころではないな」

「ハシゴを片《かた》づけ、男《おとこ》たちを引《ひ》きあげさせる。人数《にんずう》は、忠実《ちゅうじつ》な男《おとこ》ひとりでいい。それを大《おお》きな籠《かご》にのせ、それは綱《つな》でつりあげられるようにしておく。そして、子《こ》を生《う》みそうな巣《す》をねらう」

「上《あ》げる方法《ほうほう》は」

「ハシゴを組《く》み合《あわ》せ、その上《うえ》に滑車《かっしゃ》をつけ、綱《つな》で引《ひ》きあげるのです。やはり、あと四人《にん》はいりますな」

「それより、子《こ》を生《う》みそうと、どうすればわかるのか」

中納言《ちゅうなごん》が聞《き》くと、倉《くら》のじいさんは言《い》う。

「つばめが尾《お》を上《うえ》にむけて、からだを七回《かい》まわします。そのあとすぐ、子《こ》を生《う》む。ですから、動《うご》きを目《め》にしたら七回目《かいめ》にまにあうよう、籠《かご》をつりあげ、乗《の》っている人《ひと》に取《と》ってもらうのです」

「そうか、いい方法《ほうほう》のようだな」

その命令《めいれい》は出《だ》され、大部分《だいぶぶん》のハシゴは片《かた》づけられ、人数《にんずう》もへって静《しず》かになった。ハシゴを組《く》ませ、籠《かご》に乗《の》った人《ひと》を引《ひ》きあげる練習《れんしゅう》もはじめさせた。倉《くら》のそばでそれを見《み》ている中納言《ちゅうなごん》は、成功《せいこう》まちがいないという気分《きぶん》になった。

それというのも、倉《くら》のじいさんがいい案《あん》を教《おし》えてくれたからだ。お礼《れい》をしなければならない。そこで、呼《よ》びかけた。

「わたしの部下《ぶか》でもないのに相談《そうだん》に乗《の》ってくれて、ありがたい。これをさしあげよう」

自分《じぶん》の着物《きもの》をぬいで、手渡《てわた》した。

「おそれ入《い》ります。早《はや》く終《しま》ってもらいたいためでもあったのですが」

「夕方《ゆうがた》に、ここへ来《き》てくれないか。いい指示《しじ》をしてほしいし」

やがて、日《ひ》が暮《く》れてきた。倉《くら》のかげからのぞくと、つばめが巣《す》を作《つく》っている。なかに、尾《お》をあげてまわるのもいる。

そこで、籠《かご》を引《ひ》き上《あ》げさせる。乗《の》っている男《おとこ》は、巣《す》に手《て》を入《い》れる。中納言《ちゅうなごん》は、下《した》から聞《き》く。

「あったか」

「ありません」

尾《お》の動《うご》きは、話《はなし》の通《とお》りだ。子《こ》を生《う》んだにちがいない。それなのに、貝《かい》がないとは。だんだん、がまんできなくなった。

「おまえの、さがしかたが悪《わる》いのだ。あるような気《き》がするのだが……」

乗《の》る者《もの》を交代《こうたい》させようと見《み》まわしたが、こうなったら、自分《じぶん》でやるのが最良《さいりょう》だろう。

「……よし、わたしが乗《の》る」

そのうち、また尾《お》をあげてまわるのを目《め》にした。あれだとばかり、中納言《ちゅうなごん》は籠《かご》に乗《の》って上《うえ》へ。巣《す》に手《て》を入《い》れる。手《て》のひらに、なにかをつかんだ。

「おい、なにかがあった。倉《くら》のじいさん、うまくいったぞ。さあ、おろしてくれ」

それを聞《き》き、男《おとこ》たちも、ついにやったかとほっとする。気《き》がゆるんだ。綱《つな》をゆるめなくてはいけないのに、あわてて引《ひ》っぱる者《もの》もいた。そのため、綱《つな》が切《き》れた。

下《した》には、穀物倉《こくもつそう》にゆかりのある大《おお》きな釜《かま》があった。そこへ、あおむけに落《お》ちた。人《ひと》びとがかけよって、かかえ起《おこ》す。

気《き》を失《うしな》い、目《め》は白《しろ》い部分《ぶぶん》だけしか見《み》えない。水《みず》をくんできて、口《くち》に入《い》れ、背中《せなか》をさすったりする。なんとか、息《いき》を吹《ふ》きかえし、手足《てあし》を動《うご》かした。

その中納言《ちゅうなごん》のからだを、釜《かま》からおろし、地面《じめん》に横《よこ》たえる。苦《くる》しそうだ。

「いかがですか、ご気分《きぶん》は」

そう聞《き》くと、かすれた声《こえ》で言《い》った。

「気《き》はとり戻《もど》したが、打《う》ちどころが悪《わる》かったのか、腰《こし》が動《うご》かない。それより、子安貝《こやすがい》だよ。ちゃんと手《て》のなかにある。少《すこ》しぐらいの苦痛《くつう》は、この満足《まんぞく》さで消《き》えてしまう。なにかに火《ひ》をつけ、あかりとしてくれ。それを、この目《め》で見《み》たいのだ」

頭《あたま》をあげて、手《て》のひらをひろげる。あかりに照《て》らされたそれは、つばめの古《ふる》いフンだった。それを見《み》て、中納言《ちゅうなごん》はがっかり。

「貝《かい》はなしか」

むなしい結果《けっか》。

努力《どりょく》のあげく、なにも得《え》られない。家《いえ》に運《はこ》ばれ、寝《ね》たままの日常《にちじょう》。腰《こし》をやられて、立《た》てないのだ。衣服《いふく》の出《だ》し入《い》れもできない。

姫《ひめ》にとどけるための箱《はこ》も用意《ようい》してあったが、フンを入《い》れるわけにいかない。これだけの苦労《くろう》をしたと伝《つた》えたくても。

ばかげたことをやって、こんな症状《しょうじょう》になってしまった。人《ひと》にも話《はな》せないし、知《し》られるとみっともない。

気《き》にすると、ますます弱《よわ》まってゆく。弱《よわ》まると、わが身《み》があわれに思《おも》え、さらに沈《しず》んだ気分《きぶん》になる。

かぐや姫《ひめ》は、このことを知《し》り、なぐさめの和歌《わか》をとどけた。

年《とし》を経《へ》て浪立《なみた》ちよらぬ住《すみ》の江《え》の
　まつかひなしと聞《き》くはまことか

ごぶさたですが、いかがなさっておいでですか。おたのみした貝《かい》を待《ま》っても、むだというわけですか。この住《すみ》の江《え》とは、松《まつ》の名所《めいしょ》で、言葉《ことば》のあそび。

そばの人《ひと》が読《よ》んであげると、中納言《ちゅうなごん》は弱《よわ》っている気分《きぶん》を振《ふ》りしぼり、苦痛《くつう》をしのんで頭《あたま》を枕《まくら》からあげ、手伝《てつだ》ってもらって、紙《かみ》に歌《うた》を書《か》いた。

かひはかくありけるものをわび果《は》てて
死《し》ぬる命《いのち》を救《すく》ひやはせぬ

貝《かい》はだめでしたが、思《おも》いがけず和歌《わか》をいただけました。やってみたかいはあったのでしょう。せめて、一目《ひとめ》でもお会《あ》いできれば、死《し》んでしまうわたくしへの、大《おお》きな救《すく》いになりますのに。

書《か》き終《お》えると、息《いき》が絶《た》えてしまった。そのことを聞《き》いて、かぐや姫《ひめ》は少《すこ》し同情《どうじょう》なさった。これは前例《ぜんれい》のないことで、人《ひと》びとのなかには「やっただけの、かいはあった」と言《い》う人《ひと》もいた。

甲斐《かい》があったと書《か》くが、もとは〝効《かい》〟だったようで、このほうが意味《いみ》が通《とお》る。子安貝《こやすがい》は買《か》うわけにいかず、名案《めいあん》をかいかぶって、かいがいしく動《うご》いてみた。つばめの飛《と》ぶのをかいくぐったが、失敗《しっぱい》。姫《ひめ》をかいまみることなく、人生《じんせい》に幕《まく》。

ちょっと、ひと息《いき》。
どうも、うまくいきませんな。

この人物《じんぶつ》の特色《とくしょく》は、他人《たにん》の意見《いけん》をつぎつぎに求《もと》め、よりよい意見《いけん》があると、それを試《こころ》みる。最後《さいご》には、自分《じぶん》で確認《かくにん》しようとする。経営学《けいえいがく》のはじまりみたいだ。

横道《よこみち》にそれるが、つばめについて書《か》いておく。漢字《かんじ》だと燕《つばめ》。妙《みょう》な字《じ》だ。昔《むかし》は神秘《しんぴ》的《てき》な鳥《とり》とされていた。

暖《あたた》かくなると出現《しゅつげん》し、秋《あき》になるといなくなる。渡《わた》り鳥《どり》と知《し》らない人《ひと》たちは、どこに消《き》えるのか、ふしぎがった。木《き》の穴《あな》にかくれるのかと思《おも》った人《ひと》もいた。中国《ちゅうごく》には、泥《どろ》の中《なか》で春《はる》を待《ま》つとの説《せつ》もあった。

地上《ちじょう》にはめったにおりず、飛《と》び方《かた》の早《はや》さ、害虫《がいちゅう》を食《た》べて農作《のうさく》を助《たす》けてくれる。子《こ》安貝《やすがい》とは、安産《あんざん》のおまもりだが、つばめのとなると、一段《いちだん》とありがたい品《しな》なのだろう。

子《こ》を生《う》むと、何《なん》カ所《しょ》も書《か》かれている。なぜ卵《たまご》でないのか。その区別《くべつ》は、なかったのかもしれない。

この部分《ぶぶん》の物語《ものがたり》の面白《おもしろ》さは、自主性《じしゅせい》のない人物《じんぶつ》と、その部下《ぶか》の男《おとこ》たちの、ドタバタにあるのは、すぐにわかる。しかも〈かいがない〉のしゃれで、死《し》んでしまうのだ。無責任《むせきにん》に物語《ものがたり》を聞《き》いていれば、中納言《ちゅうなごん》でも失敗《しっぱい》だったなで終《おわ》り。

しかし、当人《とうにん》にとってはね。ついに死者《ししゃ》が出《で》たのだ。その立場《たちば》になれば、悲劇《ひげき》そのものだ。会《あ》った人《ひと》でないからむりもないが、姫《ひめ》は「少《すこ》し」同情《どうじょう》しただけ。

この冷血《れいけつ》の女《おんな》めと言《い》いたいとこだが、勝手《かって》に思《おも》い込《こ》んで、そのあげく死《し》んだのだ。のちの時代《じだい》には、主義《しゅぎ》、信念《しんねん》、時《とき》には目立《めだ》ちたがりで死《し》ぬ人《ひと》も出《で》る。死《し》について考《かんが》えさせますね。

これで、五人《にん》はすべて失格《しっかく》。読《よ》むほうは、なんだかものたりない。作者《さくしゃ》たるもの、その期待《きたい》に応《おう》じなければならない。前《まえ》の男《おとこ》は、海《うみ》で死《し》にかけ、今回《こんかい》は現実《げんじつ》に死《し》んでしまった。この手法《しゅほう》は行《い》きついた。

同《おな》じことのくりかえしでは、この先《さき》をついてきてくれない。話《はなし》を作《つく》るのは、楽《らく》じゃないのだ。日本最初《にほんさいしょ》の物語《ものがたり》だから、参考《さんこう》になる本《ほん》があるわけじゃない。

しかし、そんなことは、覚悟《かくご》の上《うえ》だ。むろん、作者《さくしゃ》はそう思《おも》っていただろう。一転《いってん》し予期《よき》しなかった人物《じんぶつ》を登場《とうじょう》させる。

その人《ひと》とは。

八、ミカドのおでまし

さて、このような話《はなし》がひろまり、かぐや姫《ひめ》がいかに美《うつく》しいか、だれもが語《かた》りあった。それはミカドの耳《みみ》にも入《はい》った。

ミカドとは帝《みかど》と書《か》くが、本来《ほんらい》は直接《ちょくせつ》に名《な》をあげては恐《おそ》れ多《おお》いので、御所《ごしょ》の門《もん》を御門《みかど》と呼《よ》び、それに代《か》えた。だから、ミカドには敬称《けいしょう》をつけない。

ある日《ひ》、ミカドは宮中《きゅうちゅう》に仕《つか》える女性《じょせい》、中臣《なかとみ》の房子《ふさこ》に言《い》われた。

「どうやら、多《おお》くの男《おとこ》たちが、かぐや姫《ひめ》を手《て》に入《い》れようと、つとめたらしいな。みな、みじめな失敗《しっぱい》に終《おわ》り、なかには命《いのち》を失《うしな》ったのもあるとか。どのような女《おんな》なのか、出《で》かけて見《み》てきてくれぬか」

「はい、行《い》ってまいります」

房子《ふさこ》は、ミカドの思《おも》いももっともだと、竹取《たけとり》の家《いえ》を訪《おとず》れた。家《いえ》の者《もの》たちは、宮中《きゅうちゅう》からのお使《つか》いとあって、かしこまって迎《むか》えた。房子《ふさこ》は、じいさんの妻《つま》、ばあさんに言《い》った。

「よろしいか。ミカドのお望《のぞ》みで、やってきました。かぐや姫《ひめ》は世《よ》にも珍《めずら》しく美《うつく》しいので、見《み》てまいれとのお言葉《ことば》。わたしがうかがったのは、そのためです」

ばあさんは、頭《あたま》を下《さ》げた。

「しばらくお待《ま》ち下《くだ》さい。本人《ほんにん》にそのことを伝《つた》えますから」

そして、家《いえ》のなかの姫《ひめ》に話《はな》した。

「……というわけなのです。いままでの、ほかの男《おとこ》たちとはちがいます。ミカドのお使《つか》いなのです。早《はや》く、お会《あ》いしてさしあげなさい」

「そう言《い》われても、あたしはべつに美《うつく》しいとは思《おも》っておりません。お見《み》せするほどの顔《かお》ではありません。お会《あ》いしません」

その気《き》になりそうにない。ばあさんは、困《こま》ってしまった。

「そのようなことを申《もう》しては、なりません。ほかならぬ、ミカドのお使《つか》いなのですよ。軽《かる》くあしらっては、いけません」

「かまわないでしょう。使《つか》いの者《もの》なのです。ご本人《ほんにん》ではないのですから。かわりに見《み》てこいと言《い》われ、やって来《き》た人《ひと》」

きげんも悪《わる》くなり、会《あ》おうとしない。

ばあさんにすれば、ずっと育《そだ》ててきたし、本当《ほんとう》の子《こ》と思《おも》って毎日《まいにち》をすごしている。しかし、こうなると強《つよ》くも言《い》えない。これまでにも、せっかくのいい話《はなし》を、何回《なんかい》もことわってきている。こんどもか。

お使《つか》いの房子《ふさこ》のところへ戻《もど》って、ばあさんは言《い》った。

「まことに恐縮《きょうしゅく》なことですが、あの子《こ》はまだ幼《おさな》く、世間《せけん》しらずで、分別《ふんべつ》もない。わがままな性格《せいかく》で、言《い》い聞《き》かせても、いやがるばかり

なのです。申《もう》しわけありませんが」

房子《ふさこ》も、すぐ引《ひ》きさがるわけにはいかない。

「かならず見《み》て来《こ》いとの、ご命令《めいれい》なのです。それをせずに、ただ帰《かえ》るわけにはまいりません。ミカドとは、この国《くに》で最《もっと》も高《たか》い身分《みぶん》のかたですよ。あなたがたは、ここに住《す》んで暮《く》らしている。そこをお考《かんが》え下《くだ》さい」

声《こえ》を強《つよ》め、説得《せっとく》の意味《いみ》をこめて言《い》った。それは、かぐや姫《ひめ》の耳《みみ》に入《はい》った。力《ちから》ずくのようなのが気《き》に入《い》らないらしく、こう答《こた》えた。

「むりにでも引《ひ》き出《だ》したいのなら、殺《ころ》してからなさったらいいでしょう」

どうにもならない。これ以上《いじょう》いくら話《はな》しても、むだなようだ。あまり、こじらせたくもない。

房子《ふさこ》は引《ひ》きあげ、ミカドにそのいきさつを報告《ほうこく》した。ミカドはうなずく。

「そうか。かなりのわがままだな。そのため、命《いのち》を失《うしな》う者《もの》が出《で》たりしたのか。そういう女《おんな》が、いたとはな」

それで、いちおうことがすんだ。

しかし、ミカドは、気《き》になってならない。ひとり、つぶやいたりする。

「会《あ》いませんの返事《へんじ》で終《おわ》りでは、すっきりしないし、こちらの立場《たちば》もない。なにか手《て》をつくしてみよう」

そこで、竹取《たけと》りじいさんを呼《よ》び出《だ》して、こう告《つ》げた。

「おまえの家《いえ》にいるかぐや姫《ひめ》を、ここへよこしなさい。そば仕《づか》えをさせたい。かなりの美《うつく》しさと聞《き》いたので、使《つか》いの者《もの》を行《い》かせたが、会《あ》ってくれなかった。どうも、すなおでないな。どんな育《そだ》て方《かた》をしたのか」

じいさん、頭《あたま》をさげて申《もう》し上《あ》げた。

「育《そだ》てはしましたが、実《じつ》の姫《ひめ》ではないので、ゆきとどかない点《てん》はお許《ゆる》しを。あれには宮仕《みやづか》えのような、行儀作法《ぎょうぎさほう》にしばられたことなど、できっこありません。あつかいにくい性質《せいしつ》です。しかし、せっかくのお話《はなし》。帰《かえ》って、あらためて言《い》いつけてみましょう」

その答《こた》えに、ミカドは期待《きたい》をかけて言《い》った。

「よろしくたのむ。姫《ひめ》は、おまえとは長《なが》く暮《くら》していて、親子《おやこ》のようなものではないか。宮《みや》仕《づか》えといっても、わたしのそばにいてくれるだけでいいのだ。そうなれば、おまえに五位《い》の位《くらい》を与《あた》えよう。約束《やくそく》する」

その身分《みぶん》になれば、宮中《きゅうちゅう》へ自由《じゆう》に出入《ではい》りできる。じいさんは、喜《よろこ》んで家《いえ》に帰《かえ》り、かぐや姫《ひめ》にわけを話《はな》した。

「これほどまでに、ミカドはおっしゃられたのだ。宮仕《みやづか》えしてもいいのではないか。ありがたいお言葉《ことば》と思《おも》うが」

姫《ひめ》の答《こた》えは、これまでと同《おな》じ。

「そのようなことをする気《き》には、どうしてもなりません。いやなのです。むりにでもさせたいのなら、夜逃《よに》げをして、姿《すがた》をかくしてしまいますよ。それほど位《くらい》がほしいのでしたら、わたしは宮中《きゅうちゅう》へあがり、そのあと、死《し》ぬか消《き》えるかいたしましょう」

それを聞《き》いて、じいさんは驚《おどろ》いた。

「なんということを。わが子《こ》に死《し》なれてまで、位《くらい》や官職《かんしょく》をもらおうなど、思《おも》ってはいない。しかし、なあ、宮仕《みやづか》えとは、死《し》よりもつらいような仕事《しごと》ではないのだよ。なりたがる女《おんな》も多《おお》いのだ。わたしには、そこがよくわからんのだ」

じいさん、しきりに首《くび》をかしげる。姫《ひめ》は言《い》った。

「これまで、いろいろなことがあったでしょう。わたしは、男《おとこ》のかたに仕《つか》えるのが、いやなのです。たくさんの財産《ざいさん》を使《つか》ったり、命《いのち》を落《お》とされたかたもいました。それでも、わたしはお断《こと》わりしました。おわかりでしょう」

「そうだなあ」

「このお話《はなし》は、ついこのあいだはじまったばかり。ほかのかたがたには、何年《なんねん》もの年月《としつき》をお待《ま》たせした上《うえ》でです。ミカドだから、はい、すぐにでは、ほかのかたがお気《き》の毒《どく》ですし、みっともないと思《おも》われます。うそではありません。死《し》ぬか消《き》えるかになってしまいますから」

「それなりに考《かんが》えた上《うえ》でのようだな。これからミカドにお会《あ》いし、宮仕《みやづか》えの件《けん》はその気《き》になれないとお伝《つた》えしてこよう。おまえに死《し》なれては、なにがどうなろうと、これほどの悲《かな》しみはない」

竹取《たけと》りじいさん、出《で》かけていってミカドに申《もう》し上《あ》げた。

「どうも、たび重《かさ》なる失礼《しつれい》をお許《ゆる》し下《くだ》さい。ミカドのお心《こころ》のありがたいこと、いやな仕事《しごと》ではないことを、くわしく説明《せつめい》したのですが、あの子《こ》の気《き》を変《か》えさせることはできませんでした。力《ちから》ずくなら、死《し》ぬの消《き》えるのとまで言《い》います。わたしが育《そだ》てはしましたが、もとは竹林《たけばやし》のなかでみつけたのです。どこか普通《ふつう》の人《ひと》と、感《かん》じ方《かた》がちがっているようで、あつかいにくいのです。申《もう》しわけありません」

ミカドも、それ以上《いじょう》はむりと思《おも》った。

「やむをえないな。宮仕《みやづか》えさせるのは、あきらめよう。そうだ。そういえば、おまえの家《いえ》は山《やま》のふもとのあたりだったな。わたしが狩《か》りに出《で》かけ、そのついでに立《た》ち寄《よ》ってみようか。そうすれば、顔《かお》を見《み》ることもできるだろう。せめて、それぐらいは手伝《てつだ》ってくれないか」

そのたのみには、じいさんも断《こと》われない。

「いいお考《かんが》えですね。それでしたら、お力《ちから》になりましょう。あの子《こ》が気《き》をゆるめて、のんびりしている時《とき》に、ふいにお立《た》ち寄《よ》りになれば、ごらんになれましょう」

いつにしたらいいかを打《う》ち合《あわ》せ、ミカドはお供《とも》を連《つ》れて、狩《か》りに出《で》かけられた。お供《とも》の人《ひと》たちも、なぜ急《きゅう》にと、ふしぎがった。

家《いえ》に近《ちか》づくと、じいさんが出迎《でむか》え、ミカドをそっとなかへ案内《あんない》した。そこには、きよらかで美《うつく》しい人《ひと》がすわっている。あたりには光《ひかり》がただよい、この世《よ》の人《ひと》とは思《おも》えない。

かぐや姫《ひめ》に、ちがいない。

そばへ寄《よ》ろうとすると、奥《おく》へかくれようとする。着物《きもの》のそでをつかもうとしたが、姫《ひめ》はたもとで顔《かお》をかくしてしまい、はじに手《て》が触《ふ》れただけ。

顔《かお》をかくしたが、ミカドはさきほど、気《き》づかれずに見《み》ている。忘《わす》れようもないほど美《うつく》しい。そでを、もう一方《いっぽう》の手《て》でつかむ。

「逃《に》げないでくれ」

引《ひ》き寄《よ》せようとすると、かぐや姫《ひめ》はお答《こた》えした。

「この、わたくしのからだが、この国《くに》に生《う》まれたものでしたら、ミカドのために、どのようなことでもいたしましょう。それが、ちがうのでございます。なんとかして連《つ》れていこうとなさっても、そうはいかないと思《おも》います」

「そんなことは、ありえない。いま、ここにいるではないか。この手《て》で、そでをつかんでもいる」

ミカドはお供《とも》の者《もの》たちに声《こえ》をかけ、輿《こし》という乗《の》り物《もの》を、こちらに持《も》ってくるよう命《めい》じた。

その上《うえ》に、移《うつ》せばいいのだ。

そのとたん、かぐや姫《ひめ》は影《かげ》のように消《き》えてしまった。手《て》のなかのそでも、見《み》えなくなった。けはいは感《かん》じられるのだが。

「こうなってしまうとは、思《おも》ってもみなかった。せっかく、手《て》にしたのに。普通《ふつう》の人間《にんげん》とは、ちがうのだな。じいさんから、それは何回《なんかい》も聞《き》かされていたが……」

ミカドはつぶやき、立《た》ちつづけた。姫《ひめ》は近《ちか》くにいるようだし、立《た》ち去《さ》る気《き》にもなれない。たのみこむ口調《くちょう》で呼《よ》びかけた。

「わかった。もう、連《つ》れていこうとは言《い》わない。しかし、このまま別《わか》れるのも、心残《こころのこ》りだ。もう一回《いっかい》、もとの姿《すがた》になって下《くだ》さい。その上《うえ》で帰《かえ》りましょう」

かぐや姫《ひめ》は、ふたたび現《あら》われた。たもとでかくしているが、顔《かお》つきはよくおぼえている。この上《うえ》なく美《うつく》しい女性《じょせい》が、ここにこうしているのになあ。ミカドであっても、できないこともあるとは。

あきらめねばならないようだ。だまってうなずくと、姫《ひめ》は奥《おく》へと入《はい》っていった。ミカドは、じいさんに言《い》った。

「なんとか、会《あ》うことだけはできた。これも、おまえのおかげだ。いろいろと、手数《てすう》をかけてしまった。礼《れい》を言《い》う」

「まことに、行《い》きとどきませんで。おわかりいただけましたでしょう。せっかくのお出《で》ましです。お供《とも》のかたたちに、食事《しょくじ》やお酒《さけ》をさしあげましょう。ミカドも、ごゆっくり」

ひそかなお出《で》かけとはいえ、ミカドともなると、おそばの人《ひと》や警備《けいび》の人《ひと》など、目立《めだ》たぬよう従《したが》ってきた人数《にんずう》も多《おお》い。じいさんとすれば、姫《ひめ》のおかげで豊《ゆた》かになったわけでもあり、姫《ひめ》に代《かわ》ってのもてなしのつもりだった。

それも終《おわ》り、ミカドも帰途《きと》につかれた。かぐや姫《ひめ》を残《のこ》したままとは、残念《ざんねん》でならない。魂《たましい》を残《のこ》して行《い》くようだ。乗《の》っている輿《こし》の上《うえ》で、和歌《わか》を作《つく》った。

帰《かへ》るさの行幸《みゆき》もの憂《う》く思《おも》ほえて
　そむきてとまるかぐや姫《ひめ》ゆゑ

姫《ひめ》の心《こころ》がわたしに背《せ》をむけたので、わたしのからだは、そちらに背《せ》をむけて帰《かえ》らなければならない。きょうの訪《おとず》れは、心残《こころのこ》りの結果《けっか》となってしまった。

それをとどけさせると、姫《ひめ》からのご返事《へんじ》の歌《うた》があった。

葎《むぐら》はふ下《した》にも年《とし》は経《へ》ぬる身《み》の
　なにかは玉《たま》の台《うてな》をも見《み》む

むぐらとは、つる草《くさ》のこと。そんなものにかこまれた家《いえ》で、年月《ねんげつ》をすごしてきた、身分《みぶん》の低《ひく》い者《もの》でございます。玉《たま》のように貴《とうと》いお家柄《いえがら》のかたとは、つりあいません。

ごらんになったミカドは、頭《あたま》がからになった気分《きぶん》だった。戻《もど》りたいけれど、姫《ひめ》の心《こころ》はこの歌《うた》ではっきりしている。もの思《おも》いにふけって、ここで一夜《いちや》をすごしたいが、何十人《なんじゅうにん》ものお供《とも》がいるのだ。宮中《きゅうちゅう》に帰《かえ》らなければならない。

それからは、ミカドにとって、つまらない日々《ひび》がつづいた。おそばにいる女性《じょせい》たちは、えらびぬいた美《うつく》しさの持《も》ち主《ぬし》のはずだ。そう思《おも》ってもいたのだ。

しかし、かぐや姫《ひめ》を見《み》たあととなっては、どうしても、くらべてしまう。そして、ここは気《き》の沈《しず》む場所《ばしょ》ということになる。

お后《きさき》や女官《にょかん》たちの部屋《へや》へ出《で》かける気《き》にもならない。ひとりで、ぼんやりと日《ひ》をすごす。折《おり》にふれ、姫《ひめ》に手紙《てがみ》をお書《か》きになる。それは心《こころ》のこもった文《ふみ》だった。

かぐや姫《ひめ》のほうも、それに対《たい》し、感情《かんじょう》を文《ふみ》にしたご返事《へんじ》をさしあげた。木《き》や草《くさ》の、四季《しき》の変化《へんか》の眺《なが》めなどを和歌《わか》にしたりして、手紙《てがみ》のやりとりがつづいた。

さて、ひと息《いき》。

ついにミカドのお出《で》ましとは。かぐや姫《ひめ》も、いままでの男《おとこ》たちとは、ちがった応《おう》対《たい》をすることになる。

現代《げんだい》の読者《どくしゃ》だと、五人《にん》の男《おとこ》をふみ台《だい》として、貴《とうと》いミカドに近《ちか》づいたと受《う》け取《と》るかもしれない。この作者《さくしゃ》としても、それも計算《けいさん》に入《い》れてはいたろう。

しかし、じいさんとの打《う》ち合《あわ》せにより、ミカドは姫《ひめ》の顔《かお》をまともに見《み》ることができた。姫《ひめ》にすれば、顔《かお》を見《み》られてしまったのだ。瞬間的《しゅんかんてき》とはいえ、視線《しせん》が合《あ》った。

当時《とうじ》として、これは心《こころ》を動《うご》かす大《おお》きな原因《げんいん》になったようだ。会《あ》っていなければ、どんなにも警戒的《けいかいてき》になれるし、冷《つめ》たいあしらいもできる。

一目《ひとめ》でも会《あ》ってしまうと、死《し》ぬの消《き》えるのとの強硬《きょうこう》さも、調子《ちょうし》が下《さが》る。そのあたりを考《かんが》え、ミカドはじいさんの協力《きょうりょく》で、ほかの男《おとこ》とちがう立場《たちば》に立《た》てた。

あるいは、ミカドは好《この》ましいかただったのかもしれない。いやしくも国《くに》をおさめる身《み》だから、人徳《じんとく》もお持《も》ちだったろう。これだけ思《おも》いがつのれば、部下《ぶか》の兵《へい》を動《うご》かせた。

しかし、権力《けんりょく》も使《つか》わず、ミカドとしての地位《ちい》もわきまえ、おとなしく宮中《きゅうちゅう》へ戻《もど》った。かぐや姫《ひめ》も、そこに同情《どうじょう》したのだろう。

それにしても、かぐや姫《ひめ》は、まだなにが不満《ふまん》なのだろう。

そう思《おも》わせるところが、この物語《ものがたり》の作者《さくしゃ》の巧妙《こうみょう》なところ。まさかという人物《じんぶつ》まで、登場《とうじょう》させてしまった。ここまできたら、読《よ》む側《がわ》もあとをあきらめる気《き》にはならない。

これから、どうなるのだろう。ミカドが着物《きもの》のそでを手《て》にした時《とき》、姫《ひめ》は姿《すがた》を消《け》し、願《ねが》うと、また現《あらわ》れた。場所《ばしょ》を自由《じゆう》に移動《いどう》できるのだろうか。そうらしい。そうでなかったら、そもそもの最初《さいしょ》、竹《たけ》の節《ふし》のなかにいたのが変《へん》だものね。

なにかが起《おこ》りそうな感《かん》じが、ただよっている。はたして。

九、天《あま》の羽《は》衣《ごろも》

そんなことで、手紙《てがみ》で歌《うた》のやりとりをし、表《おも》むき会《あ》えないが、内心《ないしん》の親《した》しさをかわしあった。三年《ねん》ほどたったろうか。

その年《とし》の春《はる》のはじめのころから、姫《ひめ》は晴《は》れて月《つき》の美《うつく》しい夜《よる》に、普通《ふつう》の時《とき》にくらべ、考《かんが》え込《こ》むようすだった。心《こころ》も深《ふか》く沈《しず》んでゆくようだ。

そばで世話《せわ》をしている人《ひと》が、やめさせようとした。

「月《つき》を見《み》るのは、およしになって下《くだ》さい。あれは夜《よる》の暗《くら》さのなかにあって、細《ほそ》くなったりもする。からだや心《こころ》に悪《わる》いとされていることです」

しかし、ひまがあり、人《ひと》がそばにいないと、月《つき》を見《み》て悲《かな》しそうに泣《な》いている。

七月《がつ》十五日《にち》の夜《よる》の月《つき》。なお、これは旧暦《きゅうれき》であり、十五夜《じゅうごや》は満月《まんげつ》。この次《つぎ》の満月《まんげつ》が、中秋《ちゅうしゅう》の名月《めいげつ》で、とくに明《あか》るいとされている。

それを眺《なが》めるかぐや姫《ひめ》は、悲《かな》しがって泣《な》くのが、かなりはげしくなった。そばの人《ひと》が、竹取《たけと》りじいさんに、そのことを報告《ほうこく》した。

「姫《ひめ》は以前《いぜん》から、月《つき》を気《き》になさるようすでしたが、最近《さいきん》は普通《ふつう》ではありません。心配《しんぱい》です。なにか、よほど思《おも》いつめて悩《なや》んでおいでのようです。よくない変化《へんか》があるといけませんので、ご注意《ちゅうい》なさって下《くだ》さい」

じいさんも思《おも》い当《あた》ることがあるので、かぐや姫《ひめ》に聞《き》いた。

「月《つき》を見《み》て、そんなに深《ふか》く悲《かな》しがるのは、どういう気分《きぶん》からですか。生活《せいかつ》が苦《くる》しいわけでもないし、男《おとこ》の人《ひと》たちには思《おも》いを寄《よ》せられている。楽《たの》しがっていいのではありませんか」

姫《ひめ》はそれに答《こた》えた。

「べつに、悲《かな》しがってはおりません。うまく話《はな》せませんが、月《つき》を見《み》ていると、なんとなく、この世《よ》で生《い》きていることに、むなしいような、さびしいような感《かん》じがするのです。やめようとしても、押《お》さえられません」

かまわないで欲《ほ》しいらしい。それから何日《なんにち》かして、じいさんが姫《ひめ》のようすを見《み》ると、やはり元気《げんき》がない。もの思《おも》いにふけり、前《まえ》よりよくなったようすもない。

「なあ、わたしの宝《たから》である姫《ひめ》よ。いったい、なにを考《かんが》えて、さびしがっているのです。心配《しんぱい》ごとなら、打《う》ちあけて下《くだ》さい。できるだけのことはしますよ。それには、話《はな》してもらわなければ」

「どうしてなのか、わたしにもわからない。どうしたらいいのか、落《お》ち着《つ》かないのです。もう少《すこ》し、待《ま》って下《くだ》さい」

「いっそのこと、月《つき》を見《み》なければいいのではないかな。おやめなさい、それで悲《かな》しくなるのなら」

じいさんの考《かんが》えは、それぐらいしかなかった。姫《ひめ》は答《こた》える。

「そうもいきません。夜《よる》になると、月《つき》は空《そら》に出《で》ます。つい、見《み》てしまいます。目《め》がそちらをむいてしまうのです」

それは、だれにもやめさせられない。月《つき》の出《で》のおそい時期《じき》には、しばらくおさまっていたが、それも限《かぎ》りがある。旧暦《きゅうれき》の三日《みっか》、三日月《みかづき》を見《み》ることができるようになり、月《つき》が少《すこ》しずつふくらみはじめると、悲《かな》しさをこらえきれず、ため息《いき》をつき、泣《な》いたりする。

そばの人《ひと》たちは、話《はな》しあう。
「なにかなかったら、あんなに涙《なみだ》を押《お》さえたりはなさらぬはずだ。しかし、だまったまま
では、どうしようもない」
じいさん夫婦《ふうふ》に告《つ》げても、それへの案《あん》はなにもなく、おろおろするばかり。

八月《がつ》の十五夜《じゅうごや》にあと何日《なんにち》と迫《せま》った晩《ばん》。かぐや姫《ひめ》は、半月《はんげつ》をすぎてさらにふくらみかけた月《つき》を見《み》て、これまでになく激《はげ》しく泣《な》いた。

これまでは、悲《かな》しみをこらえてという感《かん》じだったが、いまはあたりかまわず泣《な》いている。

竹取《たけとり》の夫婦《ふうふ》や、そば仕《づか》えの人《ひと》びとも、驚《おどろ》いて聞《き》いた。

「どうしました。わけを話《はな》して下《くだ》さい」

かぐや姫《ひめ》は、泣《な》きながら言《い》った。

「ずっと以前《いぜん》から、いつ本当《ほんとう》のことを申《もう》しましょうか、何回《なんかい》も考《かんが》えました。けれど、それを知《し》ると、おじいさん、おばあさんが、どんなに悩《なや》み、悲《かな》しむかと思《おも》って、口《くち》をつぐんでしまいました。それで、ここまできてしまいました。もう、だまりつづけではいられません。いま、なにもかもお話《はな》しいたします」

「どういうことか」

「じつは、わたくしは、この世《よ》の者《もの》ではないのです。しかし、妖怪《ようかい》でも、なにかが化《ば》けているのでもありません。ここでない場所《ばしょ》、月《つき》から来《き》た者《もの》なのです」

「あの、空《そら》の月《つき》か」

「はい。そのかなたから、月《つき》を経《へ》て送《おく》られてきました。なにかわけがあって、この国《くに》へと来《く》ることになってしまいました。くわしいことは、おぼえていません」

「そうとはなあ」

「それが今《いま》や、もとの場所《ばしょ》へと帰《かえ》らなければならなくなりました。月《つき》の方角《ほうがく》から、そのことが伝《つた》わってくるのです。この十五日《にち》の夜《よる》がその時《とき》です」

「なんと」

「その夜《よる》に、むこうの国《くに》から、迎《むか》えの人《ひと》たちが来《く》るのです。このことは、どうにも変《か》えようがありません。このお話《はなし》をしたら、さぞ、おなげきになるだろうと、ことしの春《はる》から思《おも》い悩《なや》んでいたのです」

姫《ひめ》は泣《な》き、涙《なみだ》にむせんだ。あまりのことに、竹取《たけと》りじいさんは、息《いき》をのんだ。やがて、考《かんが》えをまとめるように言《い》った。

「まさかといったお話《はなし》だ。涙《なみだ》ながらのそのようすは、でまかせとは思《おも》えない。そもそもですよ、わたしは姫《ひめ》を、竹《たけ》のなかから見《み》つけた。その時《とき》には、草《くさ》の種《たね》ほど、小《ちい》さな小《ちい》さな姿《すがた》だった……」

当時《とうじ》を思《おも》い出《だ》しながら、つづける。

「……ここでお育《そだ》てし、いまは普通《ふつう》の人《ひと》と同《おな》じような大《おお》きさになりました。わが子《こ》ときめて、悪《わる》いわけがない。それを連《つ》れ去《さ》りに来《く》るなど、だれに許《ゆる》されます。そんなことが、この世《よ》にあっていいことでしょうか……」

不満《ふまん》や怒《いか》りがこみあげてくる。

「……そうか、この世《よ》のことではないのだったな。ああ、姫《ひめ》がいなくなるのなら、死《し》ぬのは、わたしのほうだ。生《い》きている気力《きりょく》もなくなってしまう」

じいさんも、泣《な》きながら叫《さけ》んだ。心《こころ》の乱《みだ》れを、押《お》さえきれないらしかった。それにむかって、かぐや姫《ひめ》は言《い》う。

「月《つき》のかなたの都《みやこ》には、わたくしの父《ちち》と母《はは》がいるはずです。この国《くに》には、ほんのしばらくということで、送《おく》られてきたようです。それが、こんな長《なが》い年月《としつき》、お世話《せわ》になってしまいました。むこうとこちらでは、時《とき》の流《なが》れがちがうのでしょうか、時《とき》の感《かん》じ方《かた》がちがうのでしょうか……」

姫《ひめ》は、ひと息《いき》ついてつづけた。

「……じつの父《ちち》や母《はは》のことは、なにもおぼえていません。長《なが》くここにいたので、ここの国《くに》の人《ひと》という気持《きも》ちになってしまいました。自分《じぶん》の国《くに》へ帰《かえ》れるとなっても、うれしいなど少《すこ》しも思《おも》いません。悲《かな》しさだけしかありません。それでも、帰《かえ》らなければならないようです。わたくしのからだの、なかかそとか知《し》りませんが、見《み》えない力《ちから》でそうさせられてしまうようです」

と姫《ひめ》も、じいさんたちとともに、声《こえ》を高《たか》めて泣《な》く。そばで身《み》の回《まわ》りのことを手伝《てつだ》っている人《ひと》びとも、同《おな》じようになげき悲《かな》しんだ。ずっと親《した》しく、身《み》ぢかにいたのだ。姫《ひめ》の性格《せいかく》は美《うつく》しく上品《じょうひん》だった。あらためて、そのことを感《かん》じさせられた。

それが急《きゅう》に、別《わか》れなければならなくなったとは。見《み》なれていたとはいえ、なにごとにもかえられない存在《そんざい》だった。そうなると、食事《しょくじ》ものどを通《とお》らなくなるだろう。またも、涙《なみだ》がこみあげてくる。

竹取《たけとり》の家《いえ》の人《ひと》たちが困《こま》っているらしいとの話《はなし》を、ミカドはお聞《き》きになった。使《つか》いの者《もの》がやってきたが、出迎《でむか》えたじいさんは、泣《な》きつづけるだけ。

使《つか》いの者《もの》には、じいさんが心配《しんぱい》のあまり、ひどくふけたように見《み》えた。ひげの白《しろ》さもふえ、しわも深《ふか》く多《おお》くなり、腰《こし》もまがり、涙《なみだ》で目《め》がただれている。驚《おどろ》きと悲《かな》しみは、人《ひと》を弱《よわ》まらせる。

役目《やくめ》として、じいさんに聞《き》いた。

「なにか、ひどく思《おも》い悩《なや》み、悲《かな》しんでいるというが、どうなのか。ミカドはたしかめてくるようにと、おっしゃった」

そこで、じいさんは泣《な》きながら、いきさつを申《もう》し上《あ》げた。

「ミカドもお気《き》にかけて下《くだ》さるとは、ありがたいことです。姫《ひめ》の話《はなし》によると、この十五日《にち》の夜《よる》、月《つき》のかなたの都《みやこ》から、連《つ》れ帰《かえ》る人《ひと》たちが来《く》るのです。もし、お力《ちから》を貸《か》していただけるのでしたら、多《おお》くの武士《ぶし》を、よこしていただきたいものです。迎《むか》えにやって来《き》た人《ひと》たちを、つかまえて下《くだ》さい。お願《ねが》いです」

「そうミカドに報告《ほうこく》しましょう」

使《つか》いの者《もの》は宮中《きゅうちゅう》へ帰《かえ》って話《はな》した。じいさんは疲《つか》れはて、急《きゅう》に年《とし》をとったような外見《がいけん》になっている。空《そら》から十五夜《じゅうごや》に来《く》る人《ひと》たちを、防《ふせ》いでいただきたいとのこと。

ミカドは、うなずいて言《い》った。

「わたしは、一目《ひとめ》かぐや姫《ひめ》を見《み》ただけで、忘《わす》れられない思《おも》いにとらわれてしまった。じいさんはじめ竹取《たけとり》の家《いえ》の人《ひと》たちとなると、朝《あさ》から夕方《ゆうがた》まで、長《なが》いあいだ姫《ひめ》と暮《くら》していた。それがいなくなるのだから、いかに悲《かな》しがるか、わかるよ。できるだけのことはしよう」


その、十五日《にち》となった。

すでに、ほうぼうの役所《やくしょ》にミカドの命令《めいれい》が伝《つた》えられていた。武士《ぶし》たちも人数《にんずう》がそろえられ、やるべきこともしらされていた。

さしずする係《かかり》として、中将《ちゅうじょう》の高野《たかの》の大国《おおくに》が当《あ》てられた。もともとは宮中《きゅうちゅう》を護《まも》るのが役目《やくめ》の武士《ぶし》たち、二千人《にん》。それらが、竹取《たけとり》の家《いえ》へと、さしむけられた。

竹取《たけとり》の家《いえ》の各所《かくしょ》で、守《まも》りにつく。まわりの土《つち》を盛《も》ったたかこいの上《うえ》、そとや内側《うちがわ》などに千人《にん》。家《いえ》や倉《くら》や小屋《こや》の屋根《やね》の上《うえ》、庭《にわ》、木《き》のかげなどに千人《にん》。

すきまもなしに人《ひと》がいるのだ。そのほかに、家《いえ》にやとわれている人《ひと》たちもいる。弓矢《ゆみや》は、その人《ひと》それぞれに行《い》き渡《わた》っている。家《いえ》のなかでは、女性《じょせい》たちも、姫《ひめ》のために働《はたら》こうと身《み》がまえている。

で、かぐや姫《ひめ》。厚《あつ》い壁《かべ》の倉《くら》のなかで、おばあさんが姫《ひめ》を抱《だ》いている。じいさんは、きびしく戸締《とじ》まりをした。

「これだけ、守《まも》りをかためているのだ。天《てん》からやって来《く》る人《ひと》に負《ま》けるわけがない……」

窓《まど》からそとをのぞき、屋根《やね》の上《うえ》にいる人《ひと》に声《こえ》をかける。

「……なにかが空《そら》のほうで動《うご》いたら、どんな小《ちい》さなものでも、矢《や》でしとめて下《くだ》さい」

その人《ひと》は答《こた》えた。

「やりますとも。われわれは、そのために来《き》たのです。夕方《ゆうがた》に飛《と》ぶ一匹《ぴき》のコウモリでも、うちおとします。それを、さらしものにしますか」

じいさんは、たのもしく思《おも》って喜《よろこ》んだが、かぐや姫《ひめ》は言《い》う。

「わたしのために、このようにたてこもり、戦《たたか》いのための用意《ようい》をととのえても、あちらから来《く》る人《ひと》にはかなわないでしょう。忘《わす》れていたことが、少《すこ》しずつ心《こころ》によみがえってきます」

「しかし、これだけの守《まも》りだ」

「弓矢《ゆみや》も、なんの役《やく》にも立《た》たないでしょう。いかにとじこもっても、むこうは、たやすく開《あ》けてしまいます。いまは激《はげ》しく戦《たたか》おうと思《おも》っていても、いざとなると、その勢《いきお》いは消《き》えてしまうと思《おも》いますよ」

じいさんは、せっかく姫《ひめ》のために人《ひと》びとが来《き》てくれたのにと、自分《じぶん》をはげますように言《い》った。

「力《ちから》のかぎり、やってみます。連《つ》れに来《き》た人《ひと》がここへ来《き》たら、わたしが飛《と》びかかる。目《め》をこの爪《つめ》で突《つ》いてやる。髪《かみ》の毛《け》をつかんで、引《ひ》き倒《たお》してやる。着物《きもの》を引《ひ》きさき、尻《しり》を出《だ》して、ひっぱたく。みなにそれを見《み》せて、恥《はじ》をかかせてやる」

かぐや姫《ひめ》は、じいさんの気《き》を静《しず》めようと、ゆっくりと話《はな》しはじめた。

「そんな大声《おおごえ》を、お出《だ》しにならないで下《くだ》さい。屋根《やね》の上《うえ》の人《ひと》たちにも聞《き》かれてしまいます。お気持《きも》ちはわかるのですが、あまり取《と》り乱《みだ》しては、みっともないでしょう。お別《わか》れの時《とき》なのですから……」

姫《ひめ》は思《おも》い出《で》をふりかえる。

「……わたくしとしても、これまでのご恩《おん》のありがたさに、ゆっくりお礼《れい》も申《もう》し上《あ》げるひまもない。このまま行《い》かなくてはならないのは、心残《こころのこ》りでなりません。長《なが》くいてもいいきまりだったら、どんなにうれしいことでしょう。それが、そうでないのですから、残念《ざんねん》でなりません……」

ため息《いき》をつき、つづける。

「……育《そだ》てていただいたのに、なにもむくいてさしあげることができない。むこうの国《くに》へ行《い》くのも、そのことを気《き》にし、苦《くる》しい気持《きも》ちでの旅《たび》になりましょう。春《はる》ごろから、月《つき》の出《で》る夜《よる》はそれにむかい、わたくしの願《ねが》いを伝《つた》えようとしました。帰《かえ》るのを一年《ねん》、せめて半年《はんとし》でも、あとにしていただきたいと……」

おわびの言葉《ことば》でもあった。

「……それは許《ゆる》されませんでした。そのため、なげいた姿《すがた》をお見《み》せしてしまいました。ここへきて、大変《たいへん》なご心配《しんぱい》をかけ、たくさんのお手数《てすう》もおかけしました。もう、胸《むね》のつまる思《おも》いです……」

どうにもならない運命《うんめい》なのだ。

「……月《つき》のかなたの、あの都《みやこ》では、だれもが美《うつく》しく、そこでは年《とし》をとるということがない。

また、心《こころ》を悩《なや》ますようなことも決《けっ》して起《おこ》らない。はっきりと思《おも》い出《だ》せるようになりました。それなのに、帰《かえ》れるのがうれしくありません。ここの人《ひと》たちに、親《した》しみを持《も》ってしまったからでしょう。それに、育《そだ》ての親《おや》のお二人《ふたり》を、そのままにして帰《かえ》るのです。余生《よせい》のお世話《せわ》もできないまま。心残《こころのこ》りですし、こんな悲《かな》しいことはありません」

またも、泣《な》くのが激《はげ》しくなった。じいさんは、なぐさめて言《い》った。

「そう、なにもかも悪《わる》い方《ほう》へと考《かんが》えたりしないで、元気《げんき》をお出《だ》し下《くだ》さい。どんなに美《うつく》しく強《つよ》い人《ひと》が来《き》ても、大丈夫《だいじょうぶ》ですよ。武士《ぶし》たちがこんなに集《あつ》まったのは、いままで見《み》たこともない」

防《ふせ》げないわけがないと思《おも》っている。

そのうち、夕暮《ゆうぐ》れが過《す》ぎ、夜《よる》となる。満月《まんげつ》がのぼった。中秋《ちゅうしゅう》であり、空気《くうき》も澄《す》んでいる。時刻《じこく》は、真夜中《まよなか》ごろになった。

竹取《たけとり》の家《いえ》のあたりが明《あか》るくなり、満月《まんげつ》の光《ひかり》が十倍《ばい》になったようだ。その明《あか》るさが、さらに増《ま》し、昼《ひる》かと思《おも》えるほど。そばの人《ひと》の髪《かみ》の毛《け》も一本《いっぽん》ずつ、見《み》わけられる。

その光《ひかり》のなかを、高《たか》い空《そら》から、何人《なんにん》かの人《ひと》が雲《くも》に乗《の》って、おりてきた。そして、地面《じめん》から人間《にんげん》の高《たか》さあたりの場所《ばしょ》に、浮《う》かんだまま並《なら》んだ。

これを見《み》ると、家《いえ》にたてこもった人《ひと》たちも、そとにいた人《ひと》たちも、なにかの力《ちから》で勢《いきお》いを押《お》さえられたようになった。戦《たたか》おうという気持《きも》ちが、うすれる。

このままではと、なんとか弓矢《ゆみや》を手《て》にしようとしても、にぎる力《ちから》が出《で》ない。いつも勇《いさ》ましいのがとりえの者《もの》が、やっとのことで、矢《や》をはなった。しかし、ちがった方向《ほうこう》へ、少《すこ》し飛《と》んだだけ。

そんなわけで、だれも、さっきまでの心《こころ》はどこかへ消《き》え、からだも考《かんが》えも自分《じぶん》のものでないようになり、ぼんやりと顔《かお》を見《み》あわせるだけ。

その、地面《じめん》から浮《う》いて立《た》ち並《なら》んだ人《ひと》たち。身《み》につけている衣服《いふく》は、たとえようもなくすばらしい。そばに、空《そら》を飛《と》べる乗《の》り物《もの》も浮《う》かんでいる。その屋根《やね》は、絹《きぬ》の傘《かさ》のようだった。

その人《ひと》たちのなかの、とくに地位《ちい》の高《たか》いらしい人《ひと》が、家《いえ》にむかって言《い》う。

「ミヤツコという者《もの》、ここへ出《で》てきなさい」

本名《ほんみょう》を呼《よ》ばれ、竹取《たけと》りのじいさんも、さっきまでの気持《きも》ちを失《うしな》っている。なにかに酔《よ》っ

たような感《かん》じで、前《まえ》へ出《で》る。ひざまずき頭《あたま》を下《さ》げた。

天《てん》からのその人《ひと》は、告《つ》げる。

「よく聞《き》くのだ。おまえは、とくにすぐれた人《ひと》でも、とくに世《よ》につくした人《ひと》でもない。しかし、善良《ぜんりょう》な人《ひと》であり、小《ちい》さなことで、多《おお》くの人《ひと》びとを手助《てだす》けした。そのため、姫《ひめ》をしばらくのあいだ、そちらに預《あず》けたのだ。それによって、竹《たけ》のなかから黄金《こがね》を手《て》に出来《でき》、昔《むかし》とくらべようのないほど、豊《ゆた》かになった。わかったな」

「はあ」

「そもそも、かぐや姫《ひめ》はだな、われわれの国《くに》で、してはいけないことをなさった。この言葉《ことば》では、罪《つみ》をおかしたとでも言《い》うのかな。そのむくいとして、この、つまらない国《くに》へと送《おく》られたのだ。もともと、おまえたちとは、つきあえない立場《たちば》なのに。姫《ひめ》も、それなりに苦《くる》しまれたはずだ。もうよかろうと、迎《むか》えに来《き》た。めでたいことだ。悲《かな》しむべきことではない。おまえには、どうしようもないことだ。早《はや》く姫《ひめ》を出《だ》しなさい」

思《おも》いもよらぬ話《はなし》で、じいさんは答《こた》えて言《い》った。

「かぐや姫《ひめ》は、ここでお育《そだ》ていたしました。二十年《ねん》ちかくになりましょう。しばらくのあいだとの話《はなし》ですから、年月《としつき》がちがうのではありませんか。おさがしのかぐや姫《ひめ》は、うちにいる姫《ひめ》ではなく、別《べつ》なところにおいでのかたではございませんか……」

じいさんは、無理《むり》らしいと知《し》っても、できるだけのことは言《い》った。

「……ここにいるかぐや姫《ひめ》は、いま重《おも》い病気《びょうき》でございます。出《で》かけることなど、できないでしょう」

相手《あいて》は、そんなことには答《こた》えようともせず、家《いえ》のほうへと、飛《と》ぶ乗《の》り物《もの》を近《ちか》よせる。

「さあ、かぐや姫《ひめ》よ。帰《かえ》れる時《とき》が来《き》たのです。このようにけがれた地《ち》、おろかな人《ひと》の多《おお》いところに、とどまっていなくてもよくなったのです。お出《いで》になって下《くだ》さい。どうぞ」

と大声《おおごえ》。

たちまちのうちに、締《し》めてあった戸《と》がひとりでに開《あ》く。各所《かくしょ》の格子戸《こうしど》も、人《ひと》がさわりもしないのに、みな開《あ》いた。

かぐや姫《ひめ》は、おばあさんに抱《だ》きしめられていたが、外《そと》に出《で》てきた。どうにも防《ふせ》ぎようがない。じいさんは、地面《じめん》にすわったまま、姫《ひめ》を見《み》つめて泣《な》いている。

かぐや姫《ひめ》は、どうしようもなく泣《な》きつづけている、竹取《たけと》りじいさんのそばへ寄《よ》って言《い》う。

「わたくしだって、帰《かえ》りたくて帰《かえ》るのではありません。望《のぞ》むようにできないのです。せめて、高《たか》い空《そら》で姿《すがた》が見《み》えなくなるまで、見送《みおく》って下《くだ》さい」

しかし、そんな気分《きぶん》にはなれない。

「そう言《い》われても、見送《みおく》るというのは別《わか》れです。悲《かな》しみがつのるだけ。わたしは年寄《としよ》りだ。このあと、どう生《い》きればいいのです。連《つ》れていってもらうわけには、いかないのか」

じいさん、泣《な》くのをやめない。姫《ひめ》も、気《き》の毒《どく》と思《おも》うが、いい方法《ほうほう》も思《おも》いつかない。

「それでは、手紙《てがみ》を書《か》いて、それを残《のこ》しておきましょう。わたくしを思《おも》い出《だ》したら、お読《よ》みになって下《くだ》さい。声《こえ》を聞《き》くような気持《きも》ちに、なれるかもしれません」

そして、泣《な》きながら文《ふみ》を書《か》いた。

わたくしも、この国《くに》に生《うま》れた普通《ふつう》の人《ひと》でしたら、こんな別《わか》れはいたしません。父《ちち》や母《はは》を嘆《なげ》かせ、悲《かな》しませながら行《い》ってしまうようなことは。

ずっとおそばにいて、いつまでもお世話《せわ》をしたいのです。それは、心残《こころのこ》りでなりませんが、やむをえないのです。

これまで着《き》ていた着物《きもの》をぬぎますので、思《おも》い出《で》の品《しな》となさって下《くだ》さい。また、月《つき》の出《で》る夜《よる》は、それを眺《なが》めて下《くだ》さい。わたくしも、そうして悩《なや》んだのです。わがままなお別《わか》れなので、気《き》がとがめます。かなたの国《くに》へ帰《かえ》るのではなく、空《そら》のなかへ落《お》ちてゆくような気持《きも》ちでございます。

それを、そばに置《お》く。

天《てん》からの人《ひと》たちは、二つの箱《はこ》をここに運《はこ》んできていた。ひとつには羽衣《はごろも》が入《はい》っている。もうひとつには、不死《ふし》の霊薬《れいやく》が入《はい》っている。ひとりが姫《ひめ》に言《い》った。

「さあ、壺《つぼ》のなかの、貴《とうと》い薬《くすり》をお飲《の》みになって下《くだ》さい。この地《ち》は、けがれた好《この》ましくない場所《ばしょ》です。ご気分《きぶん》も悪《わる》くなっていましょう。この薬《くすり》で身《み》も心《こころ》も清《きよ》めて下《くだ》さい」

さし出《だ》す薬《くすり》を、姫《ひめ》は少《すこ》しなめて、ぬいで残《のこ》してゆくつもりの着物《きもの》のたもとに、残《のこ》りを入《い》れようとした。年《とし》をとったじいさん、ばあさんの役《やく》に立《た》てばと。

しかし、そばの天《てん》からの人《ひと》は、それをさせなかった。羽衣《はごろも》を取《と》り出《だ》して、姫《ひめ》に早《はや》く着《き》せようとする。

「もうしばらく、待《ま》って下《くだ》さい……」

と押《お》しとどめて言《い》った。

「……それを身《み》につければ、ここの人《ひと》とわかりあう気持《きも》ちが、なくなってしまう。すべてを忘《わす》れてしまいます。その前《まえ》に、もうひとりのかたに、手紙《てがみ》を残《のこ》したいのです」

書《か》きはじめた姫《ひめ》に、天《てん》からの人《ひと》が言《い》う。

「そう、ゆっくりしてはいられません」

ここは、いごこちがよくないのだろうか。

「そんな、いたわりのないことを言《い》わないで下《くだ》さい。ここの人《ひと》の心《こころ》を持《も》つわたしとも、別《わか》れるのですから」

静《しず》かだが、強《つよ》い声《こえ》。そして、ミカドへの手紙《てがみ》を書《か》いた。落《お》ち着《つ》いてて、急《いそ》がされているのを気《き》にしないで。

この家《いえ》へ、多《おお》くの武士《ぶし》たちを、わたくしのためによこしていただきました。お気持《きも》ちは、ありがとうございます。しかし、迎《むか》えを防《ふせ》ぐことも、ことわることもできません。悲《かな》しい思《おも》いですし、心残《こころのこ》りでもございます。

このあいだ、宮仕《みやづか》えしないかとのお話《はなし》がありましたが、おことわりいたしました。それも、このようになる運命《うんめい》でしたので、強《つよ》い言葉《ことば》を使《つか》ってしまいました。

わがままとお思《おも》いになり、お怒《いか》りになり、ふしぎがられたことでしょう。お会《あ》いして、おわびするひまの残《のこ》されていないのが、気《き》になっております。

今《いま》はとて天《あま》の羽衣《はごろも》着《き》るをりぞ
君《きみ》をあはれと思《おも》ひ出《い》でける

この和歌《わか》は、かけ言葉《ことば》もなく、そのまま受《う》け取《と》るだけ。もう今《いま》となっては、羽衣《はごろも》を身《み》につけなくてはなりません。すべてとお別《わか》れです。ここでの思《おも》い出《で》も消《き》えてしまうでしょう。いろいろのことがありましたが、あなたへの親《した》しさは忘《わす》れたくございません。

その手紙《てがみ》に、壺《つぼ》に残《のこ》っている薬《くすり》をそえて、武士《ぶし》たちをひきいる者《もの》、高野《たかの》の中将《ちゅうじょう》に差《さ》し出《だ》した。だれも身動《みうご》きできないので、天《てん》からの人《ひと》が、取《と》りついだ。

そこで、羽衣《はごろも》が着《き》せられた。

すぐに、心《こころ》が変《かわ》った。竹取《たけと》りのじいさんたちへの、気《き》の毒《どく》だ、悲《かな》しいことだとの思《おも》いは、なくなった。この国《くに》への心残《こころのこ》りも消《き》えた。羽衣《はごろも》とは、そういう力《ちから》をそなえている。

姫《ひめ》が乗《の》り物《もの》に移《うつ》ると、それは上《うえ》へと浮《う》かび、そばの天《てん》からの人《ひと》たちも、ともに空《そら》へとむかって、遠《とお》ざかっていった。

あとに残《のこ》された、竹取《たけと》りのじいさん、ばあさん。泣《な》きつづけ、涙《なみだ》に血《ち》がまざるのではと思《おも》われるほどだったが、もはやすべてが終《しま》ってしまったのだ。

そばの人《ひと》が、かぐや姫《ひめ》の残《のこ》した手紙《てがみ》を読《よ》んできかせたが、なぐさめの役《やく》に立《た》たない。

「姫《ひめ》は、いなくなってしまった。もっと生《い》きていたいなど、少《すこ》しも思《おも》わない。なんのために生《い》きるのか。つまらない世《よ》の中《なか》だ」

気力《きりょく》もおとろえ、すすめられても薬《くすり》も飲《の》まず、寝《ね》たままになり、起《お》きてなにかをしようともしなかった。

中将《ちゅうじょう》は、武士《ぶし》たちをひきつれて、宮中《きゅうちゅう》へ戻《もど》ってきた。ミカドに申《もう》し上《あ》げる。

「天《てん》から迎《むか》えがやってきました。かぐや姫《ひめ》を守《まも》ろうと、戦《たたか》うつもりでしたが……」

うまくいかなかったようすを、くわしく話《はな》した。別《わか》れぎわに渡《わた》された薬《くすり》の壺《つぼ》と、手紙《てがみ》とをさし出《だ》した。

ミカドはそれをお読《よ》みになり、そうであったか、いやで断《こと》わったのではなかったのかと、

あらためて姫《ひめ》をなつかしがった。なにも食《た》べたくなくなり、音楽《おんがく》や舞《ま》いで楽《たの》しむこともなさらなくなった。

ある日《ひ》、ミカドは地位《ちい》の高《たか》い人《ひと》たちを呼《よ》んで、聞《き》いた。

「最《もっと》も天《てん》に近《ちか》いのは、どこの山《やま》か」

ものごとにくわしい人《ひと》が答《こた》えた。

「駿河《するが》の国《くに》(静岡県《しずおかけん》)にある山《やま》でしょう。唐《とう》や天竺《てんじく》は知《し》りませんが、この都《みやこ》から行《い》けるところとなると」

そこで、ミカドは歌《うた》を作《つく》られた。

逢《あ》ふことも涙《なみだ》にうかぶわが身《み》には
死《し》なぬ薬《くすり》もなににかはせむ

もう、二度《にど》と会《あ》うことがない。そう思《おも》うと涙《なみだ》が流《なが》れ、その海《うみ》に浮《う》かぶような、さびしさだ。べつに長生《ながい》きしようとも望《のぞ》まない。いただいた不死《ふし》の薬《くすり》も、使《つか》う気《き》にならない。

役目《やくめ》にふさわしいだろうと、調《つき》の岩笠《いわかさ》という者《もの》を呼《よ》んだ。月《つき》にも竹《たけ》にも縁《えん》のある名前《なまえ》だ。

「この歌《うた》をかいた手紙《てがみ》と、壺《つぼ》とを持《も》って、駿河《するが》の山《やま》へ登《のぼ》ってくれ。そして、火《ひ》をたいて、手紙《てがみ》と壺《つぼ》とを燃《も》やしてくれ。思《おも》いがとどくかもしれない。ききめがあったとしたら、この国《くに》がいつまでもつづく役《やく》に立《た》つかもしれない」

その命令《めいれい》で、武士《ぶし》たちを連《つ》れて、山《やま》の上《うえ》へむかった。士《さむらい》に富《と》むで、富士《ふじ》の山《やま》と書《か》くようになった。それは不死《ふし》の山《やま》であり、不二《ふじ》の山《やま》でもある。

煙《けむり》は雲《くも》のなかへ立《た》ち昇《のぼ》り、いまも頂《いただき》に煙《けむり》のような雲《くも》のかかることが多《おお》い。

あとがき

やっと、ひと息《いき》。

物語《ものがたり》が完結《かんけつ》したので、ページを改《あらた》めて最後《さいご》の章《しょう》について、いくらか書《か》いておく。

かぐや姫《ひめ》は、天空《てんくう》のかなたの世界《せかい》の人《ひと》。当時《とうじ》とすれば、まさに夢《ゆめ》にも思《おも》わなかった展開《てんかい》だろう。あれよあれよと感《かん》じているうちに、天《てん》へ帰《かえ》ってしまうのだ。それまでの伏線《ふくせん》が、生《い》きてくる。

いくらかの問題点《もんだいてん》は残《のこ》るが、それは仕方《しかた》ない。たとえば、姫《ひめ》が自分《じぶん》の身《み》の上《うえ》を、最初《さいしょ》から知《し》っていたのか、しだいに思《おも》い出《だ》したのか。どちらでもいいが、私《わたし》は後者《こうしゃ》をとりたい気分《きぶん》だ。

ラストの光景《こうけい》は、映画《えいが》「未知《みち》との遭遇《そうぐう》」を思《おも》わせる。ＵＦＯ《ユーフォー》に関《かん》して、私《わたし》は昔《むかし》から関心《かんしん》を持《も》っているが、その実体《じったい》について、まだ判定《はんてい》は下《くだ》せない。しかし、目撃談《もくげきだん》のなかには、光《ひかり》に包《つつ》まれ、戸《と》がしぜんに開《あ》くような例《れい》が、いくつもある。なにか関《かん》連《れん》があるのかもしれない。

かぐや姫《ひめ》の帰《かえ》る先《さき》を、私《わたし》は「月《つき》のかなた」と現代訳《げんだいやく》で書《か》いた。アポロ乗員《じょういん》の撮影《さつえい》した月面写真《げつめんしゃしん》を見《み》ては、正直《しょうじき》いって、そうしたくなる。

しかし、原文《げんぶん》によると、かぐや姫《ひめ》も最初《さいしょ》は「月《つき》」と話《はな》すが、日《ひ》が迫《せま》ると「あの国《くに》」とか「かの都《みやこ》」と言《い》うようになる。迎《むか》えに来《き》た人《ひと》たちも「天人《てんにん》」であり「月《つき》人《ひと》」ではない。だから、月《つき》を経由《けいゆ》して来《き》たとも、とれる。

物語《ものがたり》の作者《さくしゃ》も、天《てん》のかなたと、ばくぜんと設定《せってい》したかったのではないだろうか。月《つき》を人《ひと》に似《に》せた話《はなし》はあるが、それは神話《しんわ》の形《かたち》をとってである。住民《じゅうみん》のいる話《はなし》は、ほかにないのではないか。

このはるかあと、一六〇〇年代《ねんだい》の前半《ぜんはん》、シラノ・ド・ベルジュラックが『月《つき》と太《たい》陽諸国《ようしょこく》の滑稽譚《こっけいだん》』を書《か》き、月《つき》をアダムとイブの楽園《らくえん》とした。ドイツの天文学者《てんもんがくしゃ》ケプラーが、太陽系《たいようけい》を思考《しこう》したのは、一五九五年《ねん》。話題《わだい》として、耳《みみ》にしていたのだろう。

かぐや姫《ひめ》の書《か》かれた時代《じだい》、月《つき》の住民《じゅうみん》という感覚《かんかく》があったかどうか。満《み》ち欠《か》けもするし、月《つき》を見《み》つめるなとの文《ぶん》も出《で》てくる。夜空《よぞら》で目立《めだ》つ月《つき》、そのむこうにとすれば、賢明《けんめい》な進《すす》め方《かた》となると思《おも》う。

その八月《がつ》十五日《にち》だが、少《すこ》し加筆《かひつ》し、旧暦《きゅうれき》と説明《せつめい》した。現行《げんこう》の太陽暦《たいようれき》より、約《やく》一カ月《げつ》、うるう月《づき》がその前《まえ》に入《はい》ると、二カ月《げつ》ちかくあとになる。いまの十月《がつ》という場合《ばあい》もある。旧暦《きゅうれき》だと、十五日《にち》は十五夜《じゅうごや》、満月《まんげつ》だ。

もちろん、原文《げんぶん》にはない。明治《めいじ》も半《なか》ばすぎに「来年《らいねん》の今月今夜《こんげつこんや》のこの月《つき》を」とのせりふの小説《しょうせつ》が書《か》かれた。太陽暦《たいようれき》だと、月《つき》が出《で》ないことだってあるのだ。

おひまなかたは原文《げんぶん》をもだが、気《き》になったのは、竹取《たけと》りのじいさんの年齢《ねんれい》である。初《はじ》めのほうで、姫《ひめ》に男性《だんせい》との交際《こうさい》をすすめる時《とき》、自分《じぶん》は七十になると言《い》っている。月《つき》からの迎《むか》えの人《ひと》には、二十年間《ねんかん》も世話《せわ》をしたと言《い》っている。

ミカドの使《つか》いに会《あ》った時《とき》には、五十なのにふけ込《こ》んでいるとの描写《びょうしゃ》がある。書《か》きうつす時《とき》のまちがいとの説《せつ》もある。それなら、逆《ぎゃく》に直《なお》されてもいいのに、そういう本《ほん》はないらしい。なにか意味《いみ》があってとは、思《おも》えない。五十五から六十五ぐらいの間《あいだ》の事件《じけん》と考《かんが》えたい。二十年間《ねんかん》とは、天人《てんにん》への大《おお》げさな形容《けいよう》だろう。あるいは、五、六年《ねん》とすべきかもしれない。

物語《ものがたり》では、ひとり三年《ねん》ずつで順次《じゅんじ》にとられる形《かたち》になっているが、普通《ふつう》なら、五人《にん》が同時《どうじ》にとりかかるだろう。現代《げんだい》なら、他者《たしゃ》との競争《きょうそう》の話《はなし》に仕上《しあ》げるだろうが、それだと複雑《ふくざつ》になってしまう。これでいいと思《おも》う。

持参《じさん》した不死《ふし》の薬《くすり》。じいさんに渡《わた》すのを天人《てんにん》がさまたげ、ミカドになら許《ゆる》す。じいさんには富《とみ》を与《あた》えたから、薬《くすり》はまだ若《わか》いミカドになのか。敬意《けいい》を表《あら》わしてか。ここも、それでいいだろう。他《ほか》の世界《せかい》の人《ひと》の判断《はんだん》なのだ。

ミカドについては、親《した》しみやすい人間《にんげん》に描《えが》かれている。その時代《じだい》は、人口《じんこう》もごく少《すく》なかったし、気《き》やすく話《はな》せる存在《そんざい》だったのだろう。じいさんだって、直接《ちょくせつ》に会《あ》って話《はな》せたのだ。帝《みかど》の字《じ》を使《つか》いたくなかったのは、そのためである。

想像《そうぞう》を絶《ぜっ》した発想《はっそう》は、羽衣《はごろも》の作用《さよう》だ。着《き》ると、すべての思考《しこう》が一変《いっぺん》する。けがれた世《よ》から天界《てんかい》へという仏教思想《ぶっきょうしそう》なら、死《し》の意味《いみ》になりそうだが、そんな印象《いんしょう》を与《あた》えない。スチーブンソンの『ジキル博士《はかせ》とハイド氏《し》』は、十九世紀後半《せいきこうはん》の作《さく》である。

ＳＦ《エスエフ》の祖《そ》、Ｈ《エイチ》・Ｇ《ジー》・ウエルズも、タイムマシン、透明人間《とうめいにんげん》、巨大生物《きょだいせいぶつ》など、さまざまな空想上《くうそうじょう》の装置《そうち》や薬《くすり》や生物《せいぶつ》を作《つく》りあげた。前例《ぜんれい》だのヒントなどなくても、個人《こじん》の才能《さいのう》でユニークなものが作《つく》れるのだ。

羽衣伝説《はごろもでんせつ》が先《さき》かあとか知《し》らないが、あれは飛《と》ぶ性能《せいのう》が主《おも》だ。かぐや姫《ひめ》の作者《さくしゃ》は、大変《たいへん》な才能《さいのう》である。

羽衣《はごろも》に着《き》がえるところで、私《わたし》は適当《てきとう》に訳《やく》したが、姫《ひめ》は形見《かたみ》にと着物《きもの》をぬぎ、ミカドへの手紙《てがみ》を書《か》く。どの程度《ていど》にぬいだか、気《き》にすると、とまどう。すっと読《よ》めてしまう部分《ぶぶん》だが。

結末《けつまつ》は、地球人《ちきゅうじん》を下級人間《かきゅうにんげん》としていて、ＳＦ《エスエフ》のそのテーマの元祖《がんそ》ということになる。いやな気分《きぶん》の効果《こうか》をねらったのが多《おお》い。しかし、ここでは、あっけらかんと終《お》わっている。あと味《あじ》も、とくに悪《わる》くない。

寓意《ぐうい》のないのがいい。作者《さくしゃ》の才能《さいのう》と人柄《ひとがら》のせいだろう。ご自由《じゆう》にお考《かんが》え下《くだ》さい。お考《かんが》えにならなくても、けっこうです。面白《おもしろ》い話《はなし》は、決《けっ》してなにかを押《お》しつけない。

娘《むすめ》を嫁《よめ》にやるのも、天《てん》に帰《かえ》すのも大差《たいさ》あるまいと思《おも》うが、それは現代《げんだい》でのこと。

姫《ひめ》はそのまま家《いえ》に住《す》み、特定《とくてい》の男性《だんせい》が通《かよ》ってくる形《かたち》でもよかった時代《じだい》である。
あとは解説《かいせつ》で。

解説《かいせつ》

ひとつの試《こころ》みとして、私《わたし》なりの現代語訳《げんだいごやく》をやってみた。心《こころ》がけた第一《だいいち》は、できるだけ物語作者《ものがたりさくしゃ》の立場《たちば》に近《ちか》づいてみようとしたこと。

なにしろ、わが国《くに》で、はじめての物語《ものがたり》だ。その前《まえ》に、なかったとは断言《だんげん》できない。しかし、わかりやすく、魅力的《みりょくてき》で、面白《おもしろ》かったからこそ、この物語《ものがたり》がその栄誉《えいよ》を与《あた》えられているわけだ。

もっとも、社会背景《しゃかいはいけい》も変《か》わっている。原文《げんぶん》に忠実《ちゅうじつ》なようつとめたが、自分《じぶん》なりのくふうも加《くわ》え、章《しょう》の終《お》わりごとに、ほどほどの補足《ほそく》も書《か》いた。また、改行《かいぎょう》もふやした。

訳《やく》していて気《き》がついたことだが、かぐや姫《ひめ》が天空《てんくう》の外《そと》の人《ひと》であった点《てん》を除《のぞ》けば、なんの飛躍《ひやく》もない。竹《たけ》からの出生《しゅっせい》、羽衣《はごろも》などは、それに付随《ふずい》したことである。

動物《どうぶつ》が口《くち》をきくわけでもなければ、神仏《しんぶつ》もこれといった力《ちから》を示《しめ》さない。龍《りゅう》だって現実《げんじつ》には出現《しゅつげん》せず、霊魂《れいこん》もただよわず、ラストの不死《ふし》の薬《くすり》はぼかしたまま。

そこが、物語《ものがたり》として、みごとなのだ。利益《りえき》や出世《しゅっせ》の話《はなし》だけだったら、つまらない話《はなし》だ。といって、むやみに鬼《おに》を出《だ》し、化《ば》け物《もの》を出《だ》し、動物《どうぶつ》を動《うご》かしては、ごつごう主義《しゅぎ》になる。

そりゃあ、超自然的《ちょうしぜんてき》な民話《みんわ》も、ないわけではない。しかし、ごく短《みじか》いものに限《かぎ》られる。少《すこ》し長目《ながめ》になると、ルール無視《むし》でごたつきかねない。

『竹取物語《たけとりものがたり》』では、超自然的《ちょうしぜんてき》な発想《はっそう》はひとつだけで、あとは人間的《にんげんてき》なドラマである。だから、すなおに面白《おもしろ》い。そのノウハウを知《し》っていて書《か》いたのだから、この作者《さくしゃ》はなみなみならぬ人物《じんぶつ》だ。しかも、前例《ぜんれい》となる小説《しょうせつ》がなかったのだから。

紙《かみ》に筆《ふで》で、この物語《ものがたり》を一気《いっき》に書《か》きあげたのではないだろう。話《はな》すのが好《す》きで、さまざまな物語《ものがたり》を作《つく》って話《はな》し、その反応《はんのう》のなかから手法《しゅほう》を身《み》につけ、まとめて書《か》き残《のこ》すかとの気持《きも》ちになった結果《けっか》と思《おも》う。このあとで多《おお》く作《つく》られたお姫《ひめ》さま物語《ものがたり》の、さらに先《さき》をいっているようで、私《わたし》は皮肉《ひにく》さを感《かん》じた。

また、描写《びょうしゃ》を極端《きょくたん》に控《ひか》えているのも、特色《とくしょく》である。四季《しき》の変化《へんか》のゆたかな日本《にほん》なのに、それに関連《かんれん》したのが、まったくない。中秋《ちゅうしゅう》の名月《めいげつ》で、私《わたし》は少《すこ》し加筆《かひつ》したが。

姫《ひめ》がいかに美人《びじん》かの描写《びょうしゃ》もなく、思《おも》いを寄《よ》せる男性《だんせい》たちの年齢《ねんれい》、顔《かお》つきも不明《ふめい》。心理描《しんりびょう》写《しゃ》だって、簡単《かんたん》なものだ。最後《さいご》の章《しょう》など「泣《な》く」の表現《ひょうげん》が多出《たしゅつ》する。

つまり、発想《はっそう》とストーリーとで、人《ひと》を引《ひ》き込《こ》んでしまうのだ。構成《こうせい》に自信《じしん》あればこそだ。描写《びょうしゃ》を押《お》さえると、読者《どくしゃ》や聞《き》き手《て》は、自分《じぶん》の体験《たいけん》でその人《ひと》のイメージを作《つく》ってくれ、話《はなし》にとけ込《こ》んでくれる。

そのパワーが失《うしな》われると、季節描写《きせつびょうしゃ》や心理描写《しんりびょうしゃ》に逃《に》げ、つまらなくなる。新人《しんじん》の短編《たんぺん》の選《せん》をやっていると、はじめの部分《ぶぶん》で夏《なつ》の日《ひ》の描写《びょうしゃ》があったりする。読《よ》み終《おわ》って、夏《なつ》でなくても成立《せいりつ》するのにと、点《てん》が悪《わる》くなる。美人《びじん》だって、くわしく描写《びょうしゃ》すると、好《この》みじゃないねと、そこで終《おわ》り。

蓬莱《ほうらい》など、中国《ちゅうごく》の神話《しんわ》を引用《いんよう》しているが、作者《さくしゃ》は信《しん》じていないし、それは聞《き》き手《て》も同様《どうよう》だったからだろう。仏教《ぶっきょう》も、あまり関係《かんけい》ない。先駆者《せんくしゃ》というものは、時代《じだい》に恵《めぐ》まれるといえそうだ。

訳《やく》では、もっと熟語《じゅくご》を使《つか》いたかったが、その限界《げんかい》がむずかしい。蓬莱《ほうらい》の玉《たま》の枝《え》の細工代《さいくだい》の未払《みばら》いの件《けん》。当時《とうじ》は金銭《きんせん》以外《いがい》の物品《ぶっぴん》でも支払《しはら》われていた。原文《げんぶん》は禄《ろく》だが、報酬《ほうしゅう》が最《もっと》も適《てき》当《とう》と思《おも》った。

ほかに原文《げんぶん》では、返事《かえりごと》とか功徳《くどく》とか、熟語《じゅくご》もいくらか出《で》ている。ふやせば読《よ》みやすくなるが、ムードをこわす。自分《じぶん》なりの判断《はんだん》でやるほかなかった。

最《もっと》も参考《さんこう》になったのは、吉行淳之介《よしゆきじゅんのすけ》訳《やく》『好色一代男《こうしょくいちだいおとこ》』（中央公論社《ちゅうおうこうろんしゃ》）で、訳文《やくぶん》とは別《べつ》に書《か》かれた「訳者覚書《やくしゃおぼえがき》」の部分《ぶぶん》は読《よ》んで面白《おもしろ》く、まさに同感《どうかん》だった。

そのころの日用語《にちようご》を、対応《たいおう》する現代語《げんだいご》になおしただけでは、つまらないものになる。また、なまじ現代《げんだい》でも通《つう》じそうな用語《ようご》には、迷《まよ》わされやすい。

吉行《よしゆき》さんは「さもなき」の形容詞《けいようし》に悩《なや》んでいる。「それほどでもない」としたくなるが、調《しら》べてみると、むしろ「さも・なし」は強《つよ》い否定《ひてい》の意味《いみ》だったらしい。

この『竹取《たけとり》』でも、多《おお》くの人《ひと》は「ともすれば」をそのまま使《つか》っているが、現代《げんだい》では意味《いみ》がずれているし、あまり使《つか》われていないのではないか。

『竹取《たけとり》』が『一代男《いちだいおとこ》』より楽《らく》だったのは、前作《ぜんさく》がなく、パロディ的《てき》な扱《あつか》いがなかったからだ。『一代男《いちだいおとこ》』に「兵部卿《ひょうぶきょう》の匂《にお》い袋《ぶくろ》」なるものが出《で》てくるが、だれもブランド名《めい》と思《おも》うだろう。それが源氏物語《げんじものがたり》をふまえたものとはねえ。

吉行《よしゆき》さんが、あえて『一代男《いちだいおとこ》』を手《て》がけたのは、なぜか。作者《さくしゃ》の西鶴《さいかく》が花鳥風月《かちょうふうげつ》に反逆《はんぎゃく》し、面白《おもしろ》さの原点《げんてん》に戻《もど》ろうとした点《てん》にあるらしい。

訳《やく》のむずかしさは、外国文《がいこくぶん》の翻訳体験者《ほんやくたいけんしゃ》がいろいろ書《か》いているので、ほどほどにしておく。

ここで参考《さんこう》にさせていただいた書名《しょめい》を並《なら》べ、感謝《かんしゃ》いたします。

中河與一《なかがわよいち》訳注《やくちゅう》『竹取物語《たけとりものがたり》』角川文庫《かどかわぶんこ》

昭和三十一年初版《しょうわさんじゅういちねんしょはん》。私《わたし》には読《よ》みやすかったが、旧字旧《きゅうじきゅう》かなで、若《わか》い人《ひと》にはどうだろう。それなりの感情《かんじょう》が伝《つた》わってくるけど。

野口元大《のぐちもとひろ》校注《こうちゅう》『竹取物語《たけとりものがたり》』新潮日本古典集成《しんちょうにほんこてんしゅうせい》

これは原文《げんぶん》を主《しゅ》とし、校注《こうちゅう》がくわしく、もとのままを味《あじ》わいたい人《ひと》には、適切《てきせつ》な内容《ないよう》だと思《おも》う。

川端康成訳《かわばたやすなりやく》『竹取物語《たけとりものがたり》』日本《にほん》の古典《こてん》　河出書房新社《かわでしょぼうしんしゃ》

昭和《しょうわ》四十六年刊《ねんかん》。これは川端訳《かわばたやく》というより、監修《かんしゅう》というべきだろう。若《わか》い人《ひと》の文《ぶん》らしく、そのかわり自由《じゆう》な調子《ちょうし》がある。

田中保隆《たなかやすたか》『竹取《たけとり》・落窪物語《おちくぼものがたり》』古典文学全集《こてんぶんがくぜんしゅう》　ポプラ社《しゃ》

全国学校図書館協議会《ぜんこくがっこうとしょかんきょうぎかい》の選定図書《せんていとしょ》で「です・ます」調《ちょう》である。

三谷栄一編《みたにえいいちへん》　鑑賞日本古典文学《かんしょうにほんこてんぶんがく》『竹取物語《たけとりものがたり》・宇津保物語《うつほものがたり》』角川書店《かどかわしょてん》

右《みぎ》の五冊《さつ》、それぞれ感心《かんしん》させられる個所《かしょ》が多《おお》かった。ほかにも現代語訳《げんだいごやく》のあることは知《し》っていたが、あまり手《て》をひろげなかった。

文学辞典《ぶんがくじてん》、百科辞典《ひゃっかじてん》にも、それぞれ解説《かいせつ》はのっている。私《わたし》の場合《ばあい》、研究者《けんきゅうしゃ》としてでなく、作者《さくしゃ》に感情移入《かんじょういにゅう》するのがねらいだったので、くわしいことは略《りゃく》す。

数十年前《すうじゅうねんまえ》に、チベットの民話《みんわ》の中国語訳《ちゅうごくごやく》の本《ほん》が出《で》て『竹取《たけとり》』と類似部分《るいじぶぶん》があると話題《わだい》になったらしい。ここに一冊《さつ》の本《ほん》がある。

金子民雄訳《かねこたみおやく》　オコーナー編《へん》『チベットの民話《みんわ》』白水社《はくすいしゃ》　昭和《しょうわ》五十五年《ねん》

英国《えいこく》での出版《しゅっぱん》は一九〇六年《ねん》。かなり古《ふる》い。まえがきで、中国《ちゅうごく》とインドからの物語《ものがたり》が多《おお》く、ねをあげている。地方色《ちほうしょく》ゼロとも評《ひょう》している。語《かた》り手《て》としては巧《たく》みな種族《しゅぞく》らしいが。ヒンズー教《きょう》の影響《えいきょう》か、動物《どうぶつ》のからむ話《はなし》が多《おお》い。中国《ちゅうごく》で『竹取《たけとり》』の原形《げんけい》が発見《はっけん》されない限《かぎ》り、日本《にほん》からの流入《りゅうにゅう》と判断《はんだん》するのが常識《じょうしき》だ。

『竹取《たけとり》』はストーリーが主《おも》で、どこの土地《とち》でも通用《つうよう》する話《はなし》なのだ。私《わたし》も自作《じさく》を何回《なんかい》も流用《りゅうよう》されているので、よくわかる。私《わたし》の作品《さくひん》は中国語《ちゅうごくご》にいくつも訳《やく》されているから、いまのチベットで民話《みんわ》あつかいで話《はな》されているのではなかろうか。

アメリカ産《さん》らしいジョークを読《よ》み、面白《おもしろ》いと思《おも》った。半年《はんとし》ほどしてモスクワから雑誌《ざっし》の編集者《へんしゅうしゃ》が来《き》て、うまい日本語《にほんご》で同《おな》じジョークを話《はな》した。面白《おもしろ》くて作者不明《さくしゃふめい》だと、いかに早《はや》くひろまるかの、いい例《れい》だろう。

それにしても、月《つき》とはふしぎな天体《てんたい》である。太陽系《たいようけい》の惑星《わくせい》で、これほど大《おお》きな比率《ひりつ》の衛《えい》星《せい》はない。しかも、見《み》かけの大《おお》きさが太陽《たいよう》と同《おな》じ。そのため、日食《にっしょく》や月食《げっしょく》が起《おこ》る。

中秋《ちゅうしゅう》の名月《めいげつ》の特色《とくしょく》は、前日《ぜんじつ》もその次《つぎ》の日《ひ》も、月《つき》の出《で》の時刻《じこく》にあまり差《さ》がないこと。ほかの季節《きせつ》だと一日《にち》ちがうと五十分《ぷん》の差《さ》があることもある。

生命《せいめい》の発生《はっせい》も、大海《たいかい》のなかではなく、入江《いりえ》のような場所《ばしょ》で、潮《しお》の満干《みちひ》によってではないかと思《おも》う。人体《じんたい》をはじめ、生物《せいぶつ》のバイオリズム（周期《しゅうき》）は、月《つき》に関連《かんれん》している。その満干《みちひ》だが、地中海《ちちゅうかい》では差《さ》がほとんどなく、エジプト文明《ぶんめい》、ギリシャ文明《ぶんめい》などでは、月《つき》の影響《えいきょう》とは気《き》づかなかった。メソポタミア文明《ぶんめい》も同《おな》じだが、なにかの力《ちから》を想像《そうぞう》してだろう、占星術《せんせいじゅつ》をうみ出《だ》した。

しかし、有史前《ゆうしまえ》の日本《にほん》では、マレー系《けい》、南方海洋系《なんぽうかいようけい》の渡来民族《とらいみんぞく》もまざっていたはずだ。理解《りかい》とまではいかないが、なにかを感《かん》じていたかもしれない。貝塚《かいづか》が各地《かくち》に残《のこ》っているし。根拠《こんきょ》のない仮説《かせつ》ではあるが。

いくらかでも月《つき》や宇宙《うちゅう》や空想《くうそう》に、そして物語《ものがたり》の世界《せかい》に、親《した》しみを抱《いだ》いていただければと、あまり解説風《かいせつふう》でない文章《ぶんしょう》を書《か》いたわけです。

竹取物語《たけとりものがたり》（原文《げんぶん》）

三谷栄一《みたにえいいち》校訂《こうてい》・武田友宏《たけだともひろ》脚注《きゃくちゅう》

かぐや姫《ひめ》のおひたち

[1]今《いま》は昔《むかし》、竹取《たけとり》の翁《おきな》といふもの有《あ》りけり。野山《のやま》に[2]まじりて、竹《たけ》を取《と》りつつ、よろづの事《こと》につかひけり。名《な》をば[3]讃岐《さぬき》の造麻呂《みやつこまろ》となむいひける。その竹《たけ》の中《なか》に、[4]もと光《ひか》る竹《たけ》なむ一筋《ひとすぢ》ありける。あやしがりて寄《よ》りて見《み》るに、筒《つつ》の中光《なかひか》りたり。それを見《み》れば、[5]三寸《ずん》ばかりなる人《ひと》、[6]いと[7]うつくしうて居《ゐ》たり。翁《おきな》いふやう、「われ朝毎夕毎《あさごとゆふごと》に見《み》る竹《たけ》の中《なか》に[8]おはするにて知《し》りぬ。[9]子《こ》となり給《たま》ふべき人《ひと》なめり」とて、手《て》にうち入《い》れて家《いへ》へ持《も》ちて来《き》ぬ。妻《め》の嫗《おうな》に預《あづ》けて養《やしな》はす。うつくしき事《こと》かぎりなし。いと幼《をさな》ければ籠《こ》に入《い》れて養《やしな》ふ。

竹取《たけとり》の翁《おきな》、竹《たけ》を取《と》るに、此《こ》の子《こ》を見《み》つけて後《のち》に、竹取《たけと》るに、節《ふし》を隔《へだ》てて、[10]よごとに、金《こがね》ある竹《たけ》を見《み》つくる事重《ことかさ》なりぬ。かくて翁《おきな》[11]やうやうゆたかになりゆく。この児養《ちごやしな》ふほどに、すくすくと大《おほ》きになりまさる。三月《みつき》ばかりになる程《ほど》に、[12]よき程《ほど》なる人《ひと》になりぬれば、[13]髪上《かみあげ》など[14]さうして、髪上《かみあ》げさせ、[15]裳着《もき》す。[16]帳《ちやう》の内《うち》よりも出《いだ》さず、[17]いつき養《やしな》ふ。この児《ちご》の[18]かたちの[19]けうらなる事世《ことよ》にな

---

1 それは昔《むかし》のことですが。
2 分《わ》け入《い》って。
3 翁《おきな》の姓《せい》と名《な》。
4 根《ね》もと。
5 一寸《すん》は約《やく》三センチ。
6 とても。たいそう。
7 かわいい様子《ようす》で。
8 おいでになることから、わかりました。
9 わが子《こ》におなりになるはずの人《ひと》のようだ。
10 竹《たけ》の節《ふし》ごとに。
11 だんだんと。
12 一人前《いちにんまえ》の大《おお》きさ。
13 女子《じょし》の成人式《せいじんしき》。髪《かみ》を結《ゆ》い上《あ》げ背《せ》に垂《た》らす。
14 あれこれ手配《てはい》して。
15 女子《じょし》の正装《せいそう》。後《うし》ろ腰《ごし》に着《つ》け、すそを引《ひ》く。
16 部屋《へや》を仕切《しき》るカーテン状《じょう》のもの。
17 大切《たいせつ》に育《そだ》てる。
18 顔《かお》かたち。容貌《ようぼう》。
19 美《うつく》しく人目《ひとめ》につく。

く、屋《や》の内《うち》は暗《くら》き処《ところ》なく光《ひかり》満《み》ちたり。翁心地《おきなここち》あしく苦《くる》しき時《とき》も、この子《こ》を見《み》れば苦《くる》しき事《こと》もやみぬ。腹立《はらだ》たしき事《こと》も慰《なぐさ》みけり。

翁竹《おきなたけ》を取《と》る事久《ことひさ》しくなりぬ。[20]勢猛《いきほひまう》の者《もの》になりにけり。この子《こ》いと大《おほ》きに成《な》りぬれば、名《な》を[21]三室戸斎部《みむろどいむべ》の秋田《あきた》を呼《よ》びてつけさす。秋田《あきた》、なよ竹《たけ》のかぐや姫《ひめ》と付《つ》けつ。この程三日《ほどみか》[22]うちあげ遊《あそ》ぶ。よろづの遊《あそ》びをぞしける。男《をとこ》は[23]うけきらはず呼《よ》び集《つど》へて、いと[24]かしこく遊《あそ》ぶ。

つまどひ

[25]世界《せかい》の男《をのこ》、[26]あてなるも賤《いや》しきも、いかで、このかぐや姫《ひめ》を[27]得《え》てしがな、見《み》てしがなと、[28]音《おと》に聞《き》きめでて惑《まど》ふ。そのあたりの垣《かき》にも家《いへ》の門《と》にも、[29]居《を》る人《ひと》だにたはやすく見《み》るまじきものを、夜《よる》は[30]安《やす》き寝《い》もねず、闇《やみ》の夜《よ》に出《い》でて穴《あな》を[31]くじり、[32]かいば見惑《みまど》ひあへり。さる時《とき》よりなむ、[33]よばひとはいひける。

[34]人《ひと》の物《もの》ともせぬ処《ところ》に惑《まど》ひ歩《あり》けども、何《なに》のしるしあるべくも見《み》えず。家《いへ》の人《ひと》どもに[35]物《もの》をだに言《い》はむとて、いひかかれども、事《こと》ともせず。あたりを離《はな》れぬ

---

20 金持《かねも》ちの勢力家《せいりょくか》。
21 神《かみ》を祭《まつ》る氏族《しぞく》の一つ。「秋田《あきた》」は名《な》。
22 宴会《えんかい》を開《ひら》き、歌舞音楽《かぶおんがく》の遊《あそ》びをする。
23 誰彼《だれかれ》の区別《くべつ》なく。
24 盛大《せいだい》に。
25 世《よ》の中《なか》の男《おとこ》。
26 身分《みぶん》の高貴《こうき》な者《もの》。
27 妻《つま》にしたいものだ。
28 うわさに聞《き》いて、恋《こ》い慕《した》い、思《おも》い乱《みだ》れる。
29 家人《かじん》でさえ容易《ようい》に見《み》られそうもないのに。
30 安眠《あんみん》もしないで。
31 穴《あな》をあけ。
32 こっそりのぞきこんで、心《こころ》を乱《みだ》している。
33 「呼《よ》ばひ（＝求婚《きゅうこん》）」に「夜這《よば》ひ」をかけたしゃれ。
34 人《ひと》が行《い》こうともしないところ。
35 せめて一言《ひとこと》だけでも言《い》おう。

[1]公達《きんだち》、夜《よ》を明《あか》し日《ひ》を暮《くら》す、多《おほ》かり。[2]おろかなる人《ひと》は、「[3]やうなきありきはよしなかりけり」とて、来《こ》ずなりにけり。

その中《なか》に猶《なほ》いひけるは、[4]色好《いろごの》みといはるるかぎり五人《にん》、思《おも》ひやむ時《とき》なく、夜昼《よるひる》来《き》けり。その名《な》ども、石作《いしづくり》の皇子《みこ》、車持《くらもち》の皇子《みこ》、右大臣《うだいじん》阿倍《あべ》のみむらじ、大納言《だいなごん》大伴《おほとも》の御行《みゆき》、中納言《ちゅうなごん》石上《いそのかみ》の麻呂《まろ》たり、この人々《ひとびと》なりけり。[5]世《よ》の中《なか》に多《おほ》かる人《ひと》をだに少《すこ》しもかたちよしと聞《き》きては、[6]見《み》まほしうする人《ひと》どもなりければ、かぐや姫《ひめ》を見《み》まほしうて、物《もの》も食《く》はず思《おも》ひつつ、かの家《いへ》に行《ゆ》きて、[7]たたずみ歩《あり》きけれど、かひあるべくもあらず。文《ふみ》を書《か》きてやれど、返事《かへりごと》せず、[8]わび歌《うた》など書《か》きておこすれども、［かひなし。］かひなしと思《おも》へど、[9]霜月《しもつき》・師走《しはす》の[10]降《ふ》りこほり、[11]水無月《みなつき》の照《て》りは[12]たたくにも、障《さは》らず来《き》たり。

この人々《ひとびと》、ある時《とき》は、竹取《たけとり》を呼《よ》び出《い》でて、「むすめを我《われ》に賜《た》べ」と伏《ふ》し拝《をが》み、手《て》をすり宣給《のたま》へど、翁《おきな》「[13]おのが生《な》さぬ子《こ》なれば、心《こころ》にも従《したが》はずなむある」といひて、月日《つきひ》過《す》ぐす。かかれば、この人々《ひとびと》家《いへ》に帰《かへ》りて、物《もの》を思《おも》ひ、祈《いの》りをし、願《ぐわん》を立《た》つ。[14]思《おも》ひやむべくもあらず。「さりとも遂《つひ》に[15]男《をとこ》合《あは》せざらむやは」と思《おも》ひて、頼《たの》みをかけたり。[16]あながちに心《こころ》ざしを見《み》えありく。

これを見《み》つけて、翁《おきな》、かぐや姫《ひめ》にいふやう、翁《おきな》「[17]我《わ》が子《こ》の仏《ほとけ》、[18]変化《へんげ》の人《ひと》と

---

1 上級貴族《じょうきゅうきぞく》の子息《しそく》。
2 熱意《ねつい》のない人《ひと》。
3 無益《むえき》な忍《しの》び歩《ある》きなぞつまらないことだよ。
4 恋愛《れんあい》の道《みち》の達人《たつじん》。
5 世間《せけん》にざらにいるていどの女《おんな》をさえも。
6 結婚《けっこん》したがる。
7 うろつき。
8 なげきの歌《うた》。
9 陰暦《いんれき》十一、十二月《がつ》。
10 雪《ゆき》が降《ふ》り、氷《こおり》が張《は》っても。
11 陰暦《いんれき》六月《がつ》。
12 雷《かみなり》がごろごろ鳴《な》りはためく。
13 自分《じぶん》たちの産《う》んだ子《こ》ではないので、思《おも》うとおりにならないでおります。
14 恋心《こいごころ》がおさまるはずもない。
15 男《おとこ》と結婚《けっこん》させないことがあろうか。
16 ことさらに姫《ひめ》への思《おも》いを見《み》せるようにして歩《ある》き回《まわ》る。
17 仏《ほとけ》のように大切《たいせつ》なわが子《こ》よ。

申《まう》しながら、ここら大《おほ》きさまで養《やしな》ひ奉《たてまつ》る心《こころ》ざしおろかならず。翁《おきな》の申《まう》さむ事《こと》は、[19]聞《き》き給《たま》ひてむや」といへば、かぐや姫《ひめ》、「[20]なにごとをか宣《の》給《たま》はむ事《こと》はうけたまはらざらむ。変化《へんげ》の者《もの》にて侍《はべ》りけむ身《み》とも知《し》らず、親《おや》とこそ思《おも》ひたてまつれ」といふ。翁《おきな》「嬉《うれ》しくも宣《の》給《たま》ふものかな」といふ。翁《おきな》「翁《おきな》年《とし》七十《ななそぢ》に余《あま》りぬ。今日《けふ》とも明日《あす》とも知《し》らず。この世《よ》の人《ひと》は、男《をとこ》は女《をんな》にあふことをす、女《をんな》は男《をとこ》にあふことをす。その後《のち》なむ門広《かどひろ》くもなり侍《はべ》る。[21]いかでか、さることなくてはおはせむ」。かぐや姫《ひめ》のいはく、「なんでふさることかし侍《はべ》らむ」といへば、翁《おきな》「変化《へんげ》の人《ひと》といふとも、女《をんな》の身《み》もち給《たま》へり。翁《おきな》のあらむ限《かぎ》りは、[22]かうてもいますがりなむかし。この人々《ひとびと》の年月《としつき》を経《へ》て、[23]かうのみいましつつ宣《の》給《たま》ふ事《こと》を思《おも》ひ定《さだ》めて、一人一人《ひとりひとり》にあひ奉《たてまつ》り給《たま》ひね」といへば、かぐや姫《ひめ》のいはく、「よくもあらぬかたちを、深《ふか》き心《こころ》も知《し》らで、[24]あだ心《ごころ》つきなば、後《のち》悔《くや》しき事《こと》もあるべきをと、思《おも》ふばかりなり。世《よ》のかしこき人《ひと》なりとも、深《ふか》き心《こころ》ざしを知《し》らではあひ難《がた》しと思《おも》ふ」といふ。翁《おきな》いはく、「思《おも》ひの如《ごと》くも宣《の》給《たま》ふものかな。そもそもいかやうなる心《こころ》ざしあらむ人《ひと》にか、あはむとおぼす。[25]かばかり心《こころ》ざしおろかならぬ人々《ひとびと》にこそあめれ」。かぐや姫《ひめ》のいはく、「[26]なにばかりの深《ふか》きをか見《み》むといはむ。いささかの事《こと》なり。人《ひと》の心《こころ》ざしひとしかん

---

18 人間《にんげん》でないものが、仮《かり》に人間《にんげん》の姿《すがた》で現《あらわ》れたもの。
19 聞《き》き届《とど》けて下《くだ》さいましょうか。
20 どんなことでも、おっしゃることはお受《う》けしないことがありましょうか。
21 どうして結婚《けっこん》しないでいられましょう。
22 独身《どくしん》でいらっしゃれましょうがね。
23 こうしておいでになっては求婚《きゅうこん》なさることをよく考《かんが》えて。
24 浮《うわ》気《き》心《ごころ》を抱《いだ》いたら。
25 こんなにも並々《なみなみ》ならない愛情《あいじょう》の持《も》ち主《ぬし》ばかりと思《おも》われますが。
26 どれほどの愛情《あいじょう》の深《ふか》さかを見届《みとど》けようというのではありません。

なり。[1]いかでか、中《なか》におとりまさりは知《し》らむ。五人《にん》の中《なか》に、ゆかしき物《もの》を見《み》せ給《たま》へらむに、御心《おんこころ》ざしのまさりたりとて、仕《つか》うまつらむと、[2]そのおはすらむ人々《ひとびと》に申《まう》し給《たま》へ」といふ。翁《おきな》「よき事《こと》なり」と受《う》けつ。

日暮《ひく》るるほど、[3]例《れい》の集《あつま》りぬ。あるいは笛《ふえ》を吹《ふ》き、あるいは歌《うた》をうたひ、あるいは[4]唱歌《しやうが》をし、あるいは[5]うそ吹《ぶ》き、[6]扇《あふぎ》をならしなどするに、翁《おきな》出《い》でていはく、「[7]かたじけなくきたなげなる処《ところ》に、年月《としつき》を経《へ》て[8]ものし給《たま》ふこと、[9]極《きはま》りたるかしこまり」と申《まう》す。「『翁《おきな》の命《いのち》今日明日《けふあす》とも知《し》らぬを、かく宣給《のたま》ふ公達《きんだち》にも、よく思《おも》ひ定《さだ》めて仕《つか》うまつれ』と申《まう》すもことわりなり。『いづれもおとりまさりおはしまさねば、[10]御心《おんこころ》ざしのほどは見《み》ゆべし。仕《つか》うまつらむ事《こと》は、それになむ定《さだ》むべき』といへば、これよき事《こと》なり。人《ひと》の御恨《おんうら》みもあるまじ」といふ。五人《にん》の人々《ひとびと》も、「よき事《こと》なり」といへば、翁《おきな》[11]入《い》りていふ。

かぐや姫《ひめ》、「石作《いしづくり》の皇子《みこ》には、[12]仏《ほとけ》の御石《みいし》の鉢《はち》といふ物《もの》あり。それをとりてたまへ」といふ。「車持《くらもち》の皇子《みこ》には、東《ひんがし》の海《うみ》に[13]蓬莱《ほうらい》といふ山《やま》あるなり。それに白銀《しろかね》を根《ね》とし、黄金《こがね》を茎《くき》とし、白《しろ》き玉《たま》を実《み》として立《た》てる木《き》あり。それ一枝《ひとえだ》折《を》りてたまはらむ」といふ。「今一人《いまひとり》には[14]唐土《もろこし》にある[15]火鼠《ひねずみ》の皮衣《かはぎぬ》をたまへ。大伴《おほとも》の大納言《だいなごん》には、竜《たつ》の首《くび》に五色《いついろ》に光《ひか》る珠《たま》あり。それを取《と》りてたまへ。石上《いそのかみ》

---

1 とてもその中《なか》で優劣《ゆうれつ》がわかりますまい。
2 見《み》たい物《もの》を見《み》せて下《くだ》さる方《かた》に。
3 いつものように。
4 楽譜《がくふ》を口《くち》で歌《うた》い。
5 口笛《くちぶえ》を吹《ふ》き。
6 扇《おうぎ》で拍子《ひょうし》をとり。
7 むさ苦《くる》しいところ。
8 お通《かよ》いになる。
9 恐縮至極《きょうしゅくしごく》です。
10 (私《わたし》の見《み》たい物《もの》を見《み》せて下《くだ》さるなら)ご愛情《あいじょう》の深《ふか》さはわかるでしょう。
11 姫《ひめ》のいる部屋《へや》にもどって告《つ》げる。
12 釈迦《しゃか》が用《もち》いたという鉢《はち》。黒色《こくしょく》で光《ひか》る。
13 東海《とうかい》にある仙境《せんきょう》。
14 中国《ちゅうごく》の古称《こしょう》。
15 火中《かちゅう》に生《う》まれるという鼠《ねずみ》の毛皮《けがわ》の織物《おりもの》。

の中納言《ちゅうなごん》には、燕《つばくらめ》のもたる[16]子安《こやす》の貝《かひ》一つ取《と》りてたまへ」といふ。翁《おきな》、「難《かた》き事《こと》どもにこそあなれ。この国《くに》にある物《もの》にもあらず。かく難《かた》き事《こと》をばいかに申《まう》さむ」といふ。かぐや姫《ひめ》、「何《なに》か難《かた》からむ」といへば、翁《おきな》、「とまれかくまれ申《まう》さむ」とて、出《い》でて、翁《おきな》「かくなむ。[17]聞《きこ》ゆるやうに見《み》せ給《たま》へ」といへば、皇子達《みこたち》、[18]上達部《かんだちめ》聞《き》きて、「[19]おいらかに、[20]あたりよりだにな歩《あり》きそとやは宣給《のたま》はぬ」といひて、[21]倦《う》んじて、皆帰《みなかへ》りぬ。

仏《ほとけ》の御石《みいし》の鉢《はち》

なほ、[22]この女見《をんなみ》では、世《よ》にあるまじき心地《ここち》のしければ、「[23]天竺《てんぢく》にある物《もの》も持《も》て[24]来《こ》ぬものかは」と、思《おも》ひめぐらして、石作《いしづくり》の皇子《みこ》は、[25]心《こころ》のしたくある人《ひと》にて、石作《いしづくり》「天竺《てんぢく》に二つと無《な》き鉢《はち》を、百千万里《ひゃくせんばんり》のほど行《ゆ》きたりとも、[26]いかでか取《と》るべき」と思《おも》ひて、かぐや姫《ひめ》の許《もと》には、石作《いしづくり》「今日《けふ》なむ天竺《てんぢく》へ石《いし》の鉢《はち》取《と》りにまかる」と聞《き》かせて、三年《みとせ》ばかり経《へ》て、大和《やまと》の国十市《くにとをち》の郡《こほり》にある山寺《やまでら》に、[27]賓頭盧《びんづる》の前《まへ》なる鉢《はち》のひた黒《ぐろ》に墨《すみ》つきたるを取《と》りて、錦《にしき》の袋《ふくろ》に入《い》れて、作《つく》り花《ばな》

---

16 宝貝《たからがい》。安産《あんざん》の護符《ごふ》。
17 姫《ひめ》の申《もう》すとおりにお見《み》せ下《くだ》さい。
18 三位《さんみ》以上《いじょう》の最上級《さいじょうきゅう》の貴《き》族《ぞく》。公卿《くぎょう》。
19 いっそ、素直《すなお》に。
20 この辺《へん》をうろつくことさえお断《ことわ》りだと、どうしておっしゃらないのか。
21 うんざりして。
22 姫《ひめ》と結婚《けっこん》しないでは、この世《よ》に生《い》きていられそうもない気持《きも》ち。
23 インドの古称《こしょう》。
24 持って来ないでおくものか。
25 計算高《けいさんだか》い。
26 手《て》に入《い》れられるわけがない。
27 釈迦《しゃか》の弟子《でし》の像《ぞう》。前《まえ》に供物《くもつ》用《よう》の鉢《はち》がある。

の枝《えだ》につけて、かぐや姫《ひめ》の家《いへ》にもて来《き》て見《み》せければ、かぐや姫《ひめ》あやしがりて見《み》るに、鉢《はち》の中《なか》に文《ふみ》あり。ひろげて見《み》れば、

[1]海山《うみやま》の路《みち》に心《こころ》を尽《つ》くし果《は》てないしの鉢《はち》の涙流《なみだなが》れき

かぐや姫光《ひめひかり》やあると見《み》るに、蛍《ほたる》ばかりの光《ひかり》だになし。

[2]おく露《つゆ》の光《ひかり》をだにぞやどさまし小倉山《をぐらやま》にて何《なに》もとめけむ

とて、返《かへ》し出《いだ》す。鉢《はち》を門《かど》に捨《す》てて、この歌《うた》の返《かへ》しをす。

[3]白山《しらやま》にあへば光《ひかり》のうするかと鉢《はち》を捨《す》ててもたのまるるかな

と詠《よ》みて入《い》れたり。かぐや姫返《ひめかへ》しもせずなりぬ。耳《みみ》にも聞《き》き入《い》れざりければ、[4]いひかかづらひて帰《かへ》りぬ。かの鉢《はち》を捨《す》てて、又《また》いひけるよりぞ、[5]面《おも》なき事《こと》をば、[6]はぢを捨《す》つとはいひける。

蓬莱《ほうらい》の玉《たま》の枝《えだ》

車持《くらもち》の皇子《みこ》は、[7]心《こころ》たばかりある人《ひと》にて、朝廷《おほやけ》には、「筑紫《つくし》の国《くに》に湯《ゆ》あみに罷《まか》らむ」とて、暇申《いとままう》して、かぐや姫《ひめ》の家《いへ》には、「玉《たま》の枝《えだ》取《と》りになむまかる」

1　海山《うみやま》の旅路《たびじ》で苦労《くろう》をし尽《つ》くして泣《な》き、この鉢《はち》のため血《ち》の涙《なみだ》を流《なが》しました。

2　せめて露《つゆ》ほどの光《ひかり》だけでもあったらよかったのに、お暗《くら》い小倉山《おぐらやま》などでどうしてお探《さが》しになったのでしょう。

3　白山《しらやま》のように輝《かがや》くあなたの前《まえ》に出《だ》されたので鉢《はち》の光《ひかり》が消《き》えたかと、鉢《はち》を捨《す》てた後《のち》も、再《ふたた》び光《ひか》ることを願《ねが》い、恥《はじ》を捨《す》ててあなたのお情《なさ》けを期待《きたい》しております。

4　ぐずぐず言《い》って。

5　厚《あつ》かましい。

6　「恥《はぢ》を捨《す》つ」に「鉢《はち》を捨《す》つ」をかける。

7　策略《さくりゃく》にたけた。

といはせて下《くだ》り給《たま》ふに、仕《つか》うまつるべき人々《ひとびと》、皆難波《みななには》まで御送《みおく》りしけり。皇子《みこ》「いと[8]忍《しの》びて」と宣給《のたま》はせて、人数多《ひとあまた》も率《ゐ》ておはしまさず、近《ちか》う仕《つか》うまつる限《かぎ》りして出《い》で給《たま》ひぬ。御送《みおく》りの人々《ひとびと》、見奉《みたてまつ》り送《おく》りて帰《かへ》りぬ。「[9]おはしぬ」と人《ひと》には見《み》え給《たま》ひて、三日《みか》ばかりありて漕《こ》ぎ帰《かへ》り給《たま》ひぬ。

[10]かねて事皆仰《ことみなおほ》せたりければ、その時《とき》[11]一つの宝《たから》なりける鍛冶匠《かぢたくみ》六人《にん》を召《め》しとりて、たはやすく人寄《ひとよ》り来《く》まじき家《いへ》を作《つく》りて、[12]かまどを三重《みへ》にしこめて、工匠等《たくみら》を入《い》れ給《たま》ひつつ、皇子《みこ》も同《おな》じ処《ところ》に籠《こも》り給《たま》ひて、[13]知《し》らせ給《たま》ひたるかぎり十六処《じふろくそ》を、[14]かみにくどをあけて、玉《たま》の枝《えだ》を作《つく》り給《たま》ふ。[15]かぐや姫宣給《ひめのたま》ふやうに違《たが》はず、作《つく》り出《い》でつ。[16]いとかしこくたばかりて、難波《なには》にみそかにもて出《い》でぬ。

車持《くらもち》「船《ふね》に乗《の》りて帰《かへ》り来《き》にけり」と[17]殿《との》に告《つ》げやりて、いといたく苦《くる》しがりたる様《さま》して居給《ゐたま》へり。迎《むか》へに人多《ひとおほ》く参《まゐ》りたり。玉《たま》の枝《えだ》をば長櫃《ながびつ》に入《い》れて、物《もの》覆《おほ》ひて持《も》ちて参《まゐ》る。いつか聞《き》きけむ、「車持《くらもち》の皇子《みこ》は[18]優曇華《うどんぐゑ》の花持《はなも》ちて上《のぼ》り給《たま》へり」と[19]ののしりけり。これを、かぐや姫聞《ひめき》き姫《ひめ》「我《われ》は皇子《みこ》に負《ま》けぬべし」と、[20]胸《むね》うちつぶれて思《おも》ひけり。

かかる程《ほど》に、門《かど》を叩《たた》きて、供人《ともびと》「車持《くらもち》の皇子《みこ》おはしたり」と告《つ》ぐ。「旅《たび》の御姿《おんすがた》ながらおはしたり」といへば、逢《あ》ひ奉《たてまつ》る。皇子宣給《みこのたま》はく、「命《いのち》を捨《す》てて、

---

8 ごく内密《ないみつ》で行《い》こう。
9 「出発《しゅっぱつ》なさった」と、世間《せけん》の人々《ひとびと》には見《み》せかけておいて。
10 あらかじめ、必要《ひつよう》な事《こと》は皆《みな》お命《めい》じになってあったので。
11 人間国宝《にんげんこくほう》クラスの。
12 炉《ろ》を三重《さんじゅう》に囲《かこ》み。
13 お治《おさ》めになっている十六か所《しょ》の領地全部《りょうちぜんぶ》。
14 役人《やくにん》に倉庫《そうこ》を開《あ》けさせて、その費用《ひよう》で、の意《い》か。
15 姫《ひめ》がおっしゃるのと寸分《すんぶん》も違《ちが》わない形《かたち》に。
16 実《じつ》に巧妙《こうみょう》にごまかして、こっそり難波《なにわ》に運《はこ》び出《だ》した。
17 皇子《みこ》の御殿《ごてん》。
18 三千年《さんぜんねん》に一度花《いちどはな》が咲《さ》く想像上《そうぞうじょう》の植物《しょくぶつ》。
19 大声《おおごえ》で騒《さわ》いだ。
20 すっかり意気消沈《いきしょうちん》して。

かの玉《たま》の枝《えだ》持《も》ちて来《き》たる」とて、皇子《みこ》「かぐや姫《ひめ》に見《み》せ奉《たてまつ》り給《たま》へ」といへば、翁《おきな》もちて入《い》りたり。この玉《たま》の枝《えだ》に文《ふみ》ぞつきたりける、

[1]いたづらに身《み》はなしつとも玉《たま》の枝《え》を手折《たを》らでただに帰《かへ》らざらまし

これをもあはれとも見《み》て居《を》るに、竹取《たけとり》の翁《おきな》走《はし》り入《い》りていはく、「この皇子《みこ》に申《まう》し給《たま》ひし蓬萊《ほうらい》の玉《たま》の枝《えだ》を、[2]一つの処《ところ》あやまたずもておはしませり。何《なに》をもちて、とかく申《まう》すべき。[3]旅《たび》の御姿《おんすがた》ながら、[4]我《わ》が御家《おんいへ》へも寄《よ》り給《たま》はずしておはしたり。はやこの皇子《みこ》に[5]あひ仕《つか》うまつり給《たま》へ」といふに、物《もの》もいはで[6]頰杖《つらづゑ》をつきて、いみじう歎《なげ》かしげに思《おも》ひたり。この皇子《みこ》、「[7]今《いま》さへ何《なに》かといふべからず」といふままに、縁《えん》にはひ上《のぼ》り給《たま》ひぬ。翁《おきな》[8]理《ことわり》に思《おも》ふに、翁《おきな》「この国《くに》に見《み》えぬ玉《たま》の枝《えだ》なり。この度《たび》は[9]いかでか辞《いな》び申《まう》さむ。さまもよき人《ひと》におはす」などいひ居《ゐ》たり。かぐや姫《ひめ》のいふやう、「親《おや》の宣給《のたま》ふ事《こと》を、[10]ひたぶるに辞《いな》び申《まう》さむ事《こと》のいとほしさに」と、取《と》り難《がた》き物《もの》を、[11]かくあさましくて持《も》て来《きた》ることをねたく思《おも》ひ、翁《おきな》は[12]閨《ねや》の内《うち》しつらひなどす。

翁《おきな》、皇子《みこ》に申《まう》すやう、「いかなる処《ところ》にか、この木《き》はさぶらひけむ。[13]あやしくうるはしくめでたきものにも」と申《まう》す。皇子《みこ》答《こた》へて宣給《のたま》はく、「[14]さをととしの二月《きさらぎ》の十日《とをか》頃《ごろ》に、難波《なには》より船《ふね》に乗《の》りて、海《うみ》の中《なか》に出《い》でて、行《ゆ》かむ方《かた》も知《し》

---

1 たとえ自分《じぶん》は死《し》ぬようなことがあっても、玉《たま》の枝《えだ》を折《お》り取《と》らずに決《けっ》して帰《かえ》って来《き》たりはしないでしょう。
2 一点《いってん》の違《ちが》いもなく。
3 旅《たび》のお姿《すがた》のままで。
4 自分《じぶん》の御殿《ごてん》。
5 結婚《けっこん》してお仕《つか》えなさい。
6 がっかりして、ほおづえをつき。
7 今《いま》となっては、とやかく言《い》うべきでない。
8 皇子《みこ》の行動《こうどう》をもっともだと思《おも》う。
9 どうしてお断《ことわ》り申《もう》せましょう。
10 断固《だんこ》として拒否《きょひ》することがお気《き》の毒《どく》なので。
11 意外《いがい》にも持《も》って来《き》たことをいまいましく思《おも》い。
12 寝室《しんしつ》の準備《じゅんび》をする。
13 ふしぎなほど美《うつく》しくみごとなものですな。
14 一昨々年《さきおととし》。

らずおぼえしかど、思《おも》ふこと成《な》らでは世《よ》の中《なか》に生《い》きて何《なに》かせむと思《おも》ひしかば、ただ空《むな》しき風《かぜ》に任《まか》せて歩《あり》く。[15]命《いのち》死《し》なば如何《いかが》はせむ、生《い》きてあらむ限《かぎ》りはかくありて、蓬莱《ほうらい》といふらむ山《やま》にあふやと、波《なみ》に漕《こ》ぎ漂《ただよ》ひ歩《あり》きて、我《わ》が国《くに》の内《うち》を離《はな》れて歩《あり》きまかりしに、ある時《とき》は浪《なみ》に荒《あ》れつつ海《うみ》の底《そこ》にも入《い》りぬべく、ある時《とき》は風《かぜ》につけて知《し》らぬ国《くに》に吹《ふ》き寄《よ》せられて、鬼《おに》のやうなるもの出《い》で来《き》て殺《ころ》さむとしき。ある時《とき》には[16]来《き》し方《かた》行《ゆ》く末《すゑ》も知《し》らず、[17]海《うみ》にまぎれむとしき。ある時《とき》には糧《かて》尽《つ》きて、草《くさ》の根《ね》を食物《くひもの》としき。ある時《とき》は、いはむ方《かた》なく[18]むくつけげなるもの来《き》て、食《く》ひかからむとしき。ある時《とき》には、海《うみ》の貝《かひ》を採《と》りて命《いのち》をつぐ。旅《たび》の空《そら》に、助《たす》け給《たま》ふべき人《ひと》もなき所《ところ》に、いろいろの病《やまひ》をして、[19]行《ゆ》く方《かた》そらもおぼえず、船《ふね》の行《ゆ》くにまかせて、海《うみ》に漂《ただよ》ひて、五百日《にち》といふ[20]辰《たつ》の刻《とき》ばかりに、海《うみ》の中《なか》に、[21]はつかに山《やま》見《み》ゆ。[22]船《ふね》の中《うち》をなむせめて見《み》る。海《うみ》の上《うへ》に漂《ただよ》へる山《やま》、いと大《おほ》きにてあり。その山《やま》のさま、高《たか》くうるはし。これや我《わ》が求《もと》むる山《やま》ならむと思《おも》ひて、[23]さすがに恐《おそろ》しくおぼえて、山《やま》のめぐりを[24]さしめぐらして、二三日《ふつかみか》ばかり見《み》ありくに、天人《てんにん》のよそほひしたる女《をんな》、山《やま》の中《なか》より出《い》で来《き》て、銀《しろかね》の金椀《かなまる》を持《も》ちて、水《みづ》を汲《く》みありく。これを見《み》て、船《ふね》より下《お》りて、『山《やま》の名《な》を何《なに》とか申《まう》す』と問《と》ふ。女《をんな》、答《こた》へていはく、『これは蓬莱《ほうらい》の山《やま》なり』と答《こた》ふ。

15　死《し》んだらそれまで。

16　今《いま》まで来《き》た方角《ほうがく》、これからの行《ゆ》く方角《ほうがく》。

17　海《うみ》で行《ゆく》方《え》不《ふ》明《めい》になろうとした。

18　何《なん》とも言《い》いようもなく気《き》味《み》の悪《わる》いもの。

19　どこへ行《い》くやら、行方《ゆくえ》もわからず。

20　午《ご》前《ぜん》八時《じ》ごろ。

21　遠《とお》くかすかに。

22　船《ふね》の中《なか》から一《いっ》心《しん》に山《やま》を眺《なが》める。

23　うれしく思《おも》うものの、やはり。

24　漕《こ》ぎめぐらして。

これを聞《き》くに、嬉《うれ》しきこと限《かぎ》りなし。この女《をんな》、『かく宣給《のたま》ふは誰《たれ》ぞ』と問《と》ふ。『我《わ》が[1]名《な》はうかんるり』といひて、ふと、山《やま》の中《なか》に入《い》りぬ。

その山《やま》、見《み》るに、[2]さらに登《のぼ》るべきやうなし。その山《やま》の[3]そばひらを廻《めぐ》れば、世《よ》の中《なか》になき花《はな》の木《き》ども立《た》てり。金《こがね》・銀《しろかね》・瑠璃色《るりいろ》の水《みづ》、山《やま》より流《なが》れ出《い》でたり。それには、いろいろの玉《たま》の橋渡《はしわた》せり。その辺《あたり》に照《て》り輝《かかや》く木《き》ども立《た》てり。その中《なか》に、この、[4]取《と》りてまうで来《き》たりしは、いと悪《わろ》かりしかども、[5]宣給《のたま》ひしに違《たが》はましかばと、この花《はな》を折《を》りてまうで来《き》たるなり。山《やま》は限《かぎ》りなく面白《おもしろ》し。世《よ》に譬《たと》ふべきにあらざりしかど、この枝《えだ》を折《を》りてしかば、[6]さらに心《こころ》もとなくて、船《ふね》に乗《の》りて、追風《おひかぜ》吹《ふ》きて、四百余日《しひやくよにち》になむまうで来《き》にし。[7]大願力《だいぐわんりき》にや、難波《なには》より、昨日《きのふ》なむ都《みやこ》にまうで来《き》つる。さらに潮《しほ》に濡《ぬ》れたる衣《ころも》をだに脱《ぬ》ぎ更《か》へなでなむ、こちまうで来《き》つる」と宣給《のたま》へば、翁《おきな》、聞《き》きて、[8]うち歎《なげ》きて詠《よ》める、

[9]呉竹《くれたけ》のよよの竹取野山《たけとりのやま》にもさやはわびしき節《ふし》をのみ見《み》し

これを皇子《みこ》聞《き》きて、[10]「ここらの日頃《ひごろ》、思《おも》ひわび侍《はべ》る心《こころ》は、今日《けふ》なむ落居《おちゐ》ぬる」と宣給《のたま》ひて、返《かへ》し、

[11]わが袂《たもと》今日《けふ》かわければわびしさの千種《ちぐさ》の数《かず》も忘《わす》られぬべし

と宣給《のたま》ふ。

1　宝漢瑠璃《うかんるり》、と漢字《かんじ》を当《あ》てるが、意味不明《いみふめい》。
2　まったく登《のぼ》ることができそうもない。
3　傾斜面《けいしやめん》。
4　取《と》って持参《じさん》いたしました木《き》。
5　姫《ひめ》のおっしゃったとおりのものでなかったら（よくないだろう）。
6　ただもう落《お》ち着《つ》かなくて。
7　ひたすら神仏《しんぶつ》に願《がん》をかけたおかげでしょうか。
8　すっかり感《かん》じ入《い》り。
9　代々《だいだい》竹《たけ》取《と》りの仕事《しごと》をして、野山《のやま》で苦労《くろう》した者《もの》でも、あなたのようにつらい目《め》にあっただろうか。
10　幾日《いくにち》もの間《あいだ》。
11　私《わたし》の濡《ぬ》れた袂《たもと》も、今日《きょう》かわいたので、数々《かずかず》の苦《くる》しさも自然《しぜん》忘《わす》れてしまうでしょう。

かかる程《ほど》に、男《をとこ》ども六人連《にんつら》ねて、庭《にわ》に出《い》で来《き》たり。一人《ひとり》の男《をとこ》、文挟《ふみばさみ》に文《ふみ》をはさみて申《まう》す。「[12]作物所《つくもどころ》の工匠《たくみ》漢部内麻呂《あやべのうちまろ》申《まう》さく、玉《たま》の木《き》を作《つく》り仕《つか》うまつりし事《こと》、[13]五穀《ごこく》絶《た》ちて、千余日《せんよにち》に力《ちから》を尽《つく》したること少《すくな》からず。然《しか》るに[14]禄《ろく》いまだ賜《たま》はらず。これを賜《たま》ひて、[15]けこに賜《たま》はせむ」といひて捧《ささ》げたり。竹取《たけとり》の翁《おきな》、「この工匠《たくみ》が申《まう》すことは何事《なにごと》ぞ」と[16]傾《かたぶ》き居《を》り。皇子《みこ》は、[17]われにもあらぬ気色《けしき》にて、肝《きも》消《き》えゐ給《たま》へり。

これをかぐや姫《ひめ》聞《き》きて、「この奉《たてまつ》る文《ふみ》を取《と》れ」といひて見《み》れば、文《ふみ》に申《まう》しけるやう、

皇子《みこ》の君《きみ》、千日《にち》いやしき工匠等《たくみら》と諸共《もろとも》に同《おな》じ処《ところ》に隠《かく》れ居《ゐ》給《たま》ひて、[18]かしこき玉《たま》の枝作《えだつく》らせ給《たま》ひて、[19]官《つかさ》も賜《たま》はむと仰《おほ》せ給《たま》ひき。これをこの頃案《ごろあん》ずるに、[20]御使《おんつかひ》とおはしますべきかぐや姫《ひめ》の[21]要《えう》じ給《たま》ふべきなりけりと承《うけたまは》りて、[22]この宮《みや》より賜《たま》はらむ。

と申《まう》して細工師《さいくし》「[23]賜《たま》はるべきなり」といふを聞《き》きて、かぐや姫《ひめ》の暮《く》るるままに[24]思《おも》ひわびつる心地《ここち》笑《わら》ひ栄《さか》えて、翁《おきな》を呼《よ》び取《と》りていふやう、「誠《まこと》に蓬莱《ほうらい》の木《き》かとこそ思《おも》ひつれ。かくあさましき虚言《そらごと》にてありければ、はやとく返《かへ》し給《たま》へ」といへば、翁答《おきなこた》ふ。「[25]さだかに造《つく》らせたる物《もの》と聞《き》きつれば、返《かへ》さむこと

---

12 宮中《きゅうちゅう》の調度《ちょうど》を細工《さいく》する役所《やくしょ》。
13 食《た》べる物《もの》も食《た》べないで。
14 手当《てあて》。報酬《ほうしゅう》。
15 手下《てした》の職人《しょくにん》。
16 不審《ふしん》に思《おも》って首《くび》を傾《かたむ》ける。
17 正気《しょうき》を失《うしな》ったような様子《ようす》で。
18 みごとな。
19 官職《かんしょく》も授《さず》けよう。
20 皇子《みこ》のご側室《そくしつ》でいらっしゃるはずの。
21 所望《しょもう》なさっている品物《しなもの》。
22 かぐや姫《ひめ》のお邸《やしき》。
23 当然《とうぜん》いただくはずのものです。
24 （結婚《けっこん》の夜《よる》が近《ちか》づいて）憂鬱《ゆううつ》になっていた気分《きぶん》が晴《は》れ晴《ば》れとしてきて。
25 しかとこの耳《みみ》で。

いと易《やす》し」とうなづき居《を》り。かぐや姫《ひめ》の心《こころ》ゆき果《は》てて、ありつる[1]歌《うた》の返《かへ》し、

[2]まことかと聞《き》きて見《み》つれば言《こと》の葉《は》を飾《かざ》れる玉《たま》の枝《え》にぞありける

といひ、玉《たま》の枝《えだ》も返《かへ》しつ。竹取《たけとり》の翁《おきな》、[3]さばかり語《かた》らひつるが、さすがにおぼえて眠《ねぶ》り居《を》り。皇子《みこ》は立《た》つもはした、居《ゐ》るもはしたにて居《ゐ》給《たま》へり。日《ひ》の暮《く》れぬれば、すべり出《い》で給《たま》ひぬ。

かの愁訴《うれへ》をしたる工匠《たくみ》をば、かぐや姫《ひめ》呼《よ》びすゑて、「嬉《うれ》しき人《ひと》どもなり」といひて、禄《ろく》いと多《おほ》く取《と》らせ給《たま》ふ。工匠等《たくみら》いみじく喜《よろこ》び、「[4]思《おも》ひつる様《やう》にもあるかな」といひて帰《かへ》る。道《みち》にて、車持《くらもち》の皇子《みこ》、血《ち》の流《なが》るるまで打《ちゃう》ぜさせ給《たま》ふ。禄得《ろくえ》しかひもなく、皆取《みなと》り捨《す》てさせ給《たま》ひてければ、逃《に》げ失《う》せにけり。

かくてこの皇子《みこ》は、「一生《いっしゃう》の恥《はぢ》、これに過《す》ぐるはあらじ。女《をんな》を得《え》ずなりぬるのみにあらず、天《あめ》の下《した》の人《ひと》の、見思《みおも》はむことの恥《はづ》かしきこと」と宣《のたま》ひて、ただ[5]一所《ひとところ》深《ふか》き山《やま》へ入《い》り給《たま》ひぬ。[6]宮司《みやづかさ》、侍《さぶら》ふ人々《ひとびと》、皆手《みなて》を分《わか》ちて求《もと》め奉《たてまつ》れども、御死《おんし》にもやし給《たま》ひけむ、[7]え見《み》つけ奉《たてまつ》らずなりぬ。皇子《みこ》の、[8]御供《おんとも》に隠《かく》し給《たま》はむとて、[9]年頃《としごろ》見《み》え給《たま》はざりけるなりけり。これをなむ、[10]たまさかるとはいひ始《はじ》めける。

---

1 さきほどの歌《うた》。
2 本物《ほんもの》かとよく見《み》れば、言《こと》の葉《は》を飾《かざ》ったにせの玉《たま》の枝《えだ》でしたよ。
3 あれほど皇子《みこ》と意気投合《いきとうごう》したのが、さすがに気《き》まずく。
4 思《おも》っていたとおりですなあ。
5 お一人《ひとり》で。
6 お邸《やしき》の役人《やくにん》や側近《そっきん》の家来《けらい》たち。
7 お見《み》つけ申《もう》すことができないでしまった。
8 お供《とも》の人《ひと》に、自分《じぶん》の姿《すがた》をお隠《かく》しになろう。
9 幾年《いくとせ》もの間《あいだ》。
10 「魂離《たまさか》る」の意《い》で、正気《しょうき》を失《うしな》いぼんやりしていること。「たま」に「玉《たま》」をかけ、玉《たま》の枝《えだ》が原因《げんいん》だとしゃれたもの。

火鼠《ひねずみ》の皮衣《かはぎぬ》

右大臣《うだいじん》阿倍《あべ》のみむらじは財豊《たからゆた》かに[11]家広《いへひろ》き人《ひと》にぞおはしける。その年来《としき》たりける[12]唐土船《もろこしぶね》の王《わう》けいといふ人《ひと》の許《もと》に、文《ふみ》を書《か》きて、「火鼠《ひねずみ》の皮《かは》といふなる物《もの》買《か》ひて[13]おこせよ」とて、仕《つか》うまつる人《ひと》の中《なか》に、心《こころ》たしかなるを選《えら》びて、小野《をの》の房守《ふさもり》といふ人《ひと》を[14]つけて遣《つか》はす。持《も》て到《いた》りて、唐土《もろこし》に居《を》る王《わう》けいに金《こがね》を取《と》らす。王《わう》けい、文《ふみ》をひろげて見《み》て、返事書《かへりごとか》く。

火鼠《ひねずみ》の皮衣《かはぎぬ》、この国《くに》に無《な》きものなり。音《おと》には聞《き》けども、未《いま》だ見《み》ぬなり。世《よ》にある物《もの》ならば、この国《くに》にも[15]持《も》てまうで来《き》なまし。いと難《かた》き商《あきなひ》なり。然《しか》れども、もし、天竺《てんぢく》に[16]たまさかにもて渡《わた》りなば、[17]長者《ちやうじや》の辺《あたり》に訪《とぶら》ひ求《もと》めむに。無《な》きものならば、使《つかひ》に添《そ》へて、金《かね》をば返《かへ》し奉《たてまつ》らむ。

といへり。かの唐土船《もろこしぶね》来《き》けり。小野《をの》の房守《ふさもり》[18]まうで来《き》て、まう上《のぼ》るといふことを聞《き》きて、歩《あゆ》み疾《と》うする馬《うま》をもちて、走《はし》らせて迎《むか》へさせ給《たま》ふ時《とき》に、馬《うま》に乗《の》りて、筑紫《つくし》よりただ七日《なぬか》に上《のぼ》りまうで来《き》たる。文《ふみ》を見《み》るに、いはく、

火鼠《ひねずみ》の皮衣《かはぎぬ》、辛《から》うじて、人《ひと》を出《いだ》して求《もと》めて奉《たてまつ》る。今《いま》の世《よ》にも昔《むかし》の世《よ》にも、

---

11 一族《いちぞく》が繁栄《はんえい》している人《ひと》。
12 中国《ちゅうごく》からの貿易船《ぼうえきせん》。
13 送《おく》ってよこして下《くだ》さい。
14 手紙《てがみ》と金《かね》につき添《そ》わせて。
15 持《も》って来《き》ているでしょう（しかし、ないのをみると、この世《よ》にないものでしょう）。
16 偶然《ぐうぜん》。
17 富豪《ふごう》。
18 中国《ちゅうごく》から帰《かえ》って、京《きょう》に上《のぼ》る。

この皮《かは》は、[1]たはやすく無《な》きものなりけり。昔《むかし》、[2]かしこき天竺《てんぢく》の聖《ひじり》、この国《くに》にもて渡《わた》りて侍《はべ》りける、西《にし》の山寺《やまでら》にありと聞《き》き及《およ》びて、[3]朝廷《おほやけ》に申《まう》して、からうじて買《か》ひ取《と》りて奉《たてまつ》る。価《あたひ》の金《かね》少《すくな》しと、[4]国司《こくし》、[5]使《つかひ》に申《まう》ししかば、王《わう》けいが物《もの》加《くは》へて買《か》ひたり。[6]いま、金《かね》五十両《りやう》[7]賜《たま》はるべし。船《ふね》の帰《かへ》らむにつけて[8]賜《た》び送《おく》れ。もし金《かね》賜《たま》はぬものならば、皮衣《かはぎぬ》の[9]質《しち》返《かへ》したべ。

といへることを見《み》て、「何《なに》おぼす。いま金《かね》少《すこ》しにこそあなれ。嬉《うれ》しくしておこせたるかな」とて、唐土《もろこし》の方《かた》に向《むか》ひて伏《ふ》し拝《をが》み給《たま》ふ。

この皮衣《かはぎぬ》を入《い》れたる箱《はこ》を見《み》れば、種々《くさぐさ》のうるはしき[10]瑠璃《るり》をいろへて作《つく》れり。皮衣《かはぎぬ》を見《み》れば紺青《こんじやう》の色《いろ》なり。毛《け》の末《すゑ》には金《こがね》の光《ひかり》[11]しささきたり。宝《たから》と見《み》え、うるはしきこと、並《なら》ぶべき物《もの》なし。火《ひ》に焼《や》けぬことよりも、[12]けうらなることならびなし。右大臣《うだいじん》[13]「むべ、かぐや姫《ひめ》、[14]好《この》もしがり給《たま》ふにこそありけれ」と宣《の》給《たま》うて、[15]「あなかしこ」とて、箱《はこ》に入《い》れ給《たま》ひて、ものの枝《えだ》につけて、御身《おんみ》の化粧《けさう》いといたくして、[16]「やがて泊《とま》りなむものぞ」と思《おぼ》して、歌詠《うたよ》み加《くは》へて持《も》ちていましたり。その歌《うた》は、

[17]限《かぎ》りなき思《おも》ひに焼《や》けぬ皮衣《かはごろも》袂《たもと》乾《かわ》きて今日《けふ》こそは著《き》め

といへり。

---

1 めったにないもの。
2 尊《とうと》い。
3 政府《せいふ》。
4 その地方《ちほう》の役人《やくにん》。
5 王《おう》けいの使者《ししゃ》。
6 さらに。
7 いただきたい。
8 送《おく》って下《くだ》さい。
9 品物《しなもの》。
10 さまざまの色《いろ》の瑠璃《るり》の玉《たま》をちりばめて。
11 きらきらと輝《かがや》いていた。
12 清《きよ》らかで美《うつく》しい。
13 なるほど。
14 お好《この》みになるのももっともな品物《しなもの》だよ。
15 ああ、もったいない。
16 そのまま、むことして姫《ひめ》の邸《やしき》に、必《かなら》ずや泊《とま》ることになるだろう。
17 この上《うえ》ない恋《こい》の炎《ほのお》に焼《や》かれていた私《わたし》も、火《ひ》に焼《や》けない皮衣《かわぎぬ》を手《て》に入《い》れて、今日《きょう》は涙《なみだ》に濡《ぬ》れていた袂《たもと》も乾《かわ》き、晴《は》れ晴《ば》れと皮衣《かわぎぬ》を着《き》よう。

家《いへ》の門《かど》に持《も》て到《いた》りて立《た》てり。竹取《たけとり》出《い》で来《き》て、取《と》り入《い》れて、かぐや姫《ひめ》に見《み》す。かぐや姫《ひめ》の、皮衣《かはぎぬ》を見《み》ていはく、「うるはしき皮《かは》なめり。[18]わきて真《まこと》の皮《かは》ならむとも知《し》らず」。竹取答《たけとりこた》へていはく、「とまれかくまれ、先《ま》づ[19]請《しやう》じ入《い》れ奉《たてまつ》らむ。世《よ》の中《なか》に見《み》えぬ皮衣《かはぎぬ》のさまなれば、[20]これをと思《おも》ひ給《たま》ひね。[21]人《ひと》ないたくわびさせ奉《たてまつ》らせ給《たま》ひそ」といひて、[22]呼《よ》びすゑ奉《たてまつ》れり。

かく呼《よ》びすゑて、「この度《たび》は必《かなら》ずあはむ」と嫗《おんな》の心《こころ》にも思《おも》ひをり。この翁《おきな》は、かぐや姫《ひめ》の[23]寡《やもめ》なるを、歎《なげ》かしければ、「よき人《ひと》にあはせむ」と思《おも》ひはかれど、切《せち》に「否《いな》」といふことなれば、[24]え強《し》ひねば理《ことわり》なり。

かぐや姫《ひめ》、翁《おきな》にいはく、「この皮衣《かはぎぬ》は、火《ひ》に焼《や》かむに、焼《や》けずはこそ真《まこと》ならめと思《おも》ひて、[25]人《ひと》のいふことにも負《ま》けめ。『世《よ》になき物《もの》なれば、それを真《まこと》と疑《うたが》ひなく思《おも》はむ』と宣《の》給《たま》ふ。なほこれを焼《や》きてこころみむ」といふ。翁《おきな》「[26]それ、さもいはれたり」といひて、大臣《だいじん》に、翁《おきな》「かくなむ申《まう》す」といふ。大臣《だいじん》答《こた》へていはく、「この皮《かは》は、唐土《もろこし》にもなかりけるを、からうじて求《もと》め尋《たづ》ね得《え》たるなり。何《なに》の疑《うたが》ひあらむ」。翁《おきな》「さは申《まう》すとも。はや焼《や》きて見《み》給《たま》へ」といへば、火《ひ》の中《なか》にうちくべて焼《や》かせ給《たま》ふに、めらめらと焼《や》けぬ。翁《おきな》「[27]さればこそ異物《こともの》の皮《かは》なりけれ」といふ。大臣《だいじん》、これを見《み》給《たま》ひて、顔《かほ》は草《くさ》の葉《は》の色《いろ》にて

18　でも、これを特《とく》に。
19　お呼《よ》び入《い》れ申《もう》そう。
20　これを、本物《ほんもの》の皮衣《かわぎぬ》とお思《おも》いなさい。
21　あの方《かた》をあんまり困《こま》らせ申《もう》してはなりません。
22　お呼《よ》び入《い》れ、席《せき》におつけ申《もう》した。
23　未婚《みこん》。
24　無理《むり》に結婚《けっこん》をすすめることもできないので、やきもきするのももっともである。
25　右大臣《うだいじん》の言葉《ことば》に従《したが》って、結婚《けっこん》しましょう。
26　あなたの言《い》うことは、実《じつ》にもっともだ。
27　やっぱり、にせ物《もの》の皮《かわ》だったんですね。

ゐ給《たま》へり。かぐや姫《ひめ》は、「あな嬉《うれ》し」と喜《よろこ》びて居《ゐ》たり。かの詠《よ》み給《たま》へる歌《うた》の返《かへ》し、箱《はこ》に入《い》れて返《かへ》す。

[1]なごりなく燃《も》ゆと知《し》りせば皮衣《かはごろも》おもひの外《ほか》におきて見《み》ましを

とぞありける。されば[2]帰《かへ》りいましにけり。

世《よ》の人々《ひとびと》、「阿倍《あべ》の大臣《だいじん》、火鼠《ひねずみ》の皮衣《かはぎぬ》もていまして、かぐや姫《ひめ》に[3]すみ給《たま》ふとな。ここにやいます」など問《と》ふ。ある人《ひと》のいはく、「皮《かは》は火《ひ》にくべて焼《や》きたりしかば、めらめらと焼《や》けにしかば、かぐや姫《ひめ》あひ給《たま》はず」といひければ、これを聞《き》きてぞ、[4]とげなきものをば、「[5]あへなし」といひける。

竜《たつ》の首《くび》の珠《たま》

大伴《おほとも》の御行《みゆき》の大納言《だいなごん》は、わが家《いへ》にありとある人《ひと》、召《め》し集《あつ》めて、宣給《のたま》はく、大納言《だいなごん》「竜《たつ》の首《くび》に五色《いついろ》の光《ひか》る珠《たま》あなり。それ取《と》りて奉《たてまつ》りたらむ人《ひと》には、願《ねが》はむことを叶《かな》へむ」と宣給《のたま》ふ。男《をのこ》ども、仰《おほ》せのことを承《うけたまは》りて申《まう》さく、家臣《かしん》「仰《おほ》せのことはいとも尊《たふと》し。但《ただ》し、この珠《たま》たはやすくえ[6]取《と》らじを、いはむや

---

1 跡《あと》かたなく燃《も》えてしまうものと知っていたなら、本物《ほんもの》かと疑《うたが》って、火《ひ》に投《な》げ入《い》れたりしないで見《み》ていましたのに。
2 右大臣《うだいじん》は、しおしおと帰《かえ》ってしまわれた。
3 むこ入《い》りなさるということですね。
4 ぼうっとしているだめ男《おとこ》。
5 「あへなし（＝張《は》り合《あ》いがない）」に「阿倍《あべ》なし」をかける。
6 取《と》ることはできないだろうに。
7 どうして取《と》ることができましょう。
8 君主《くんしゅ》に召《め》し使《つか》われている者《もの》。臣《しん》。

竜《たつ》の首《くび》の珠《たま》は[7]如何《いかが》取《と》らむ」と申《まう》しあへり。大納言《だいなごん》宣給《のたま》ふ、「[8]天《てん》の使《つかひ》といはむものは、命《いのち》を捨《す》てても、おのが君《きみ》の仰《おほ》せ言《ごと》をば叶《かな》へむとこそ思《おも》ふべけれ。この国《くに》に無《な》き、天竺唐土《てんぢくもろこし》の物《もの》にもあらず。この国《くに》の海山《うみやま》より、竜《たつ》は下《お》り上《のぼ》るものなり。如何《いか》に思《おも》ひてか、[9]汝等《なんぢら》難《かた》きものと申《まう》すべき」。男《をのこ》ども申《まう》すやう、「[10]さらば、如何《いかが》はせむ。難《かた》きことなりとも、仰《おほ》せ事《ごと》に従《したが》ひて求《もと》めにまからむ」と申《まう》すに、大納言《だいなごん》み[11]腹《はら》ゐて、「[12]汝等《なんぢら》が君《きみ》の使《つかひ》と名《な》を流《なが》しつ。君《きみ》の仰《おほ》せ事《ごと》をば、[13]如何《いかが》は背《そむ》くべき」と宣給《のたま》ひて、「竜《たつ》の首《くび》の珠《たま》取《と》りに」とて、出《いだ》し立《た》て給《たま》ふ。この人々《ひとびと》の道《みち》の糧食物《かてくひもの》に、殿《との》の内《うち》の絹《きぬ》、綿《わた》、銭《ぜに》などある限《かぎ》りとり出《い》でて、添《そ》へて遣《つか》はす。大納言《だいなごん》「この人々《ひとびと》ども帰《かへ》るまで、[14]斎《いもひ》をして我《われ》は居《を》らむ。この珠《たま》[15]取《と》り得《え》では家《いへ》に帰《かへ》り来《く》な」と宣給《のたま》はせけり。

　おのおの仰《おほ》せ承《うけたまは》りて罷《まか》り出《い》でぬ。大納言《だいなごん》「竜《たつ》の首《くび》の珠《たま》取《と》り得《え》ずは帰《かへ》り来《く》な」と宣給《のたま》へば、[16]いづちもいづちも、足《あし》の向《む》きたらむ方《かた》へ[17]いなむず。「[18]かかる好事《すきごと》をし給《たま》ふ事《こと》」と誹《そし》りあへり。賜《たま》はせたる物《もの》、おのおの分《わ》けつつ取《と》る。或《あるい》はおのが家《いへ》に籠《こも》り居《ゐ》、或《あるい》はおのが[19]行《ゆ》かまほしき所《ところ》へいぬ。親君《おやきみ》と申《まう》すとも、かく[20]つきなき事《こと》を仰《おほ》せ給《たま》ふ事《こと》と、[21]ことゆかぬもの故《ゆゑ》、大納言《だいなごん》を[22]誹《そし》りあひたり。

大納言《だいなごん》「かぐや姫《ひめ》[23]すゑむには、[24]例《れい》のやうには見《み》にくし」と宣給《のたま》ひて、麗《うるは》し

---

9 お前《まえ》たちはむずかしいものだと申《もう》すのか。
10 そういうご命令《めいれい》ならば、いたしかたございません。
11 きげんが直《なお》って。
12 お前《まえ》たちは、この武勇《ぶゆう》の誉《ほま》れ高《たか》い大伴家《おおともけ》に仕《つか》える者《もの》として、すでに世間《せけん》に名《な》が知《し》れわたっているのだ。
13 どうして背《そむ》いてよいものか。
14 家《いえ》にこもり、身《み》を清《きよ》めて神仏《しんぶつ》に祈《いの》ること。
15 取《と》ることができないなら、帰《かえ》って来《く》るな。
16 どこへでも。
17 行《い》ってしまおう。
18 よくもこんな物好《ものず》きな事《こと》をなさるものよ。
19 自分《じぶん》の行《い》きたいところ。
20 むちゃな。
21 わけがわからないものだから。
22 けなし合《あ》っている。
23 正妻《せいさい》として邸《やしき》に住《す》まわせる。
24 並《な》みの邸《やしき》では。

き屋《や》を造《つく》り給《たま》ひて、漆《うるし》を塗《ぬ》り、[1]蒔絵《まきゑ》をし壁《かべ》し給《たま》ひて、屋《や》の上《うへ》に糸《いと》を染《そ》めて、いろいろに葺《ふ》かせて、[2]内《うち》しつらひには、[3]いふべくもあらぬ綾織物《あやおりもの》に絵《ゑ》を書《か》きて、[4]間毎《まごと》に張《は》りたり。もとの妻《め》どもは、かへし給《たま》ひて、かぐや姫《ひめ》を[5]必《かなら》ずあはむ設《まう》けして、独《ひと》り明《あか》し暮《くら》し給《たま》ふ。

[6]遣《つか》はしし人《ひと》は、夜昼《よるひる》待《ま》ち給《たま》ふに、年越《としこ》ゆるまで音《おと》もせず。[7]心《こころ》もとながりて、いと忍《しの》びて、ただ[8]舎人二人《とねりふたり》、[9]召継《めしつぎ》として、[10]窶《やつ》れ給《たま》ひて、難波《なには》の辺《へん》におはしまして、問《と》ひ給《たま》ふことは、舎人《とねり》「大伴《おほとも》の大納言殿《だいなごんどの》の人《ひと》や、船《ふね》に乗《の》りて竜殺《たつころ》して、そが首《くび》の珠取《たまと》れる[11]とや聞《き》く」と問《と》はするに、船人《ふなびと》、答《こた》へていはく、「怪《あや》しきことかな」と笑《わら》ひて、船人《ふなびと》「さる業《わざ》する船《ふね》もなし」と答《こた》ふるに、大納言《だいなごん》「[12]をぢなき事《こと》する船人《ふなびと》にもあるかな。[13]え知《し》らで、かくいふ」と思《おぼ》して、大納言《だいなごん》「我《わ》が弓《ゆみ》の力《ちから》は、竜《たつ》あらば[14]ふと射殺《いころ》して、首《くび》の珠《たま》は取《と》りてむ。[15]遅《おそ》く来《く》る奴《やつ》ばらを待《ま》たじ」と宣《の》給《たま》ひて、船《ふね》に乗《の》りて、[16]海《うみ》ごとに歩《あり》き給《たま》ふに、いと遠《とほ》くて、筑紫《つくし》の方《かた》の海《うみ》に漕《こ》ぎ出《い》で給《たま》ひぬ。

いかがしけむ、疾《はや》き風《かぜ》吹《ふ》きて、世間闇《せかいくら》がりて、[17]船《ふね》を吹《ふ》きもて歩《あり》く。いづれの方《かた》とも知《し》らず、船《ふね》を海中《うみなか》に[18]まかり入《い》れぬべく吹《ふ》き廻《まは》して、浪《なみ》は船《ふね》にうち掛《か》けつつ捲《ま》き入《い》れ、雷《かみ》は、落《お》ちかかるやうに閃《ひら》めく。かかるに、大納言惑《だいなごんまど》ひて、

---

1 漆《うるし》と金銀粉《きんぎんぷん》とで描《えが》いた絵《え》。
2 邸《やしき》の内装《ないそう》。
3 言葉《ことば》に表《あらわ》せないほどすばらしい。
4 柱《はしら》と柱《はしら》のあいだ。
5 必《かなら》ず妻《つま》に迎《むか》えようという準備《じゅんび》。
6 玉《たま》を取《と》りにやった家来《けらい》たち。
7 じれったくなって。
8 朝廷《ちょうてい》から賜《たまわ》った家来《けらい》で、雑事《ざつじ》をする。
9 取次役《とりつぎやく》をする従者《じゅうしゃ》。
10 そまつな身《み》なりをなさって、こっそりと。
11 といった話《はなし》を聞《き》いているか。
12 ばかなことを申《もう》す。
13 おれを武門《ぶもん》の大伴氏《おおともし》とも知《し》らないで。
14 すぱっと。
15 のろまな家来《けらい》ども。
16 あの海《うみ》この海《うみ》と漕《こ》ぎ回《まわ》って。
17 波《なみ》が船《ふね》を翻弄《ほんろう》して、あちこち漂流《ひょうりゅう》させる。

「まだかかる[19]わびしき目《め》見《み》ず。如何《いか》ならむとするぞ」と宣給《のたま》ふ。楫取答《かぢとりこた》へて申《まう》す、「ここら船《ふね》に乗《の》りてまかり歩《あり》くに、まだかくわびしき目《め》を見《み》ず。御船《みふね》海《うみ》の底《そこ》に入《い》らずは、雷落《かみお》ちかかりぬべし。もし幸《さいは》ひに神《かみ》の助《たす》けあらば、南《みなみ》の海《うみ》に吹《ふ》かれおはしぬべし。[20]うたてある主《ぬし》の御許《みもと》に仕《つか》うまつりて、[21]すずろなる死《し》にをすべかめるかな」と楫取泣《かぢとりな》く。

大納言《だいなごん》これを聞《き》きて宣給《のたま》はく、「船《ふね》に乗《の》りては楫取《かぢとり》の申《まう》すことをこそ、高《たか》き山《やま》と頼《たの》め。などかく頼《たの》もしげなく申《まう》すぞ」と[22]青反吐《あをへど》を吐《つ》きて宣給《のたま》ふ。楫取《かぢとり》答《こた》へて申《まう》す、「神《かみ》ならねば[23]何業《なにわざ》をか仕《つか》うまつらむ。風吹《かぜふ》き、浪烈《なみはげ》しけれども、雷《かみ》さへ頂《いただき》に落《お》ちかかるやうなる、竜《たつ》を殺《ころ》さむと求《もと》めたまへば、[24]あるなり。疾風《はやて》も竜《りゅう》の吹《ふ》かするなり。はや神《かみ》に祈《いの》り給《たま》へ」といふ。大納言《だいなごん》「よき事《こと》なり」とて、大納言《だいなごん》「[25]楫取《かぢとり》の御神《おんかみ》聞《きこ》し召《め》せ。をぢなく、心幼《こころをさな》く、竜《たつ》を殺《ころ》さむと思《おも》ひけり。今《いま》より後《のち》は、[26]毛《け》の末一筋《すゑひとすぢ》をだに動《うご》かし奉《たてまつ》らじ」と、[27]寿詞《よごと》を放《はな》ちて、[28]立《た》ち居《ゐ》、泣《な》く泣《な》く呼《よ》ばひ給《たま》ふこと、千度《ちたび》ばかり[29]申《まう》し給《たま》ふけにやあらむ、やうやう雷鳴《かみな》り止《や》みぬ。少《すこ》しひかりて、風《かぜ》はなほ疾《はや》く吹《ふ》く。楫取《かぢとり》のいはく、「これは竜《たつ》の所為《しわざ》にこそありけれ。この吹《ふ》く風《かぜ》は、よき方《かた》の風《かぜ》なり。悪《あ》しき方《かた》の風《かぜ》にはあらず。よき方《かた》に赴《おもむ》きて吹《ふ》くなり」といへども、大納言《だいなごん》は、これ

---

18 引《ひ》きずり込《こ》みそうに、もてあそび。
19 ひどい。苦《くる》しい。
20 とんだ御主人《ごしゅじん》。
21 思《おも》いもよらない死《し》にざまをしそうだなあ。
22 胃液《いえき》・胆汁《たんじゅう》。
23 何《なん》のお助《たす》けもしてあげられません。
24 このように海《うみ》が荒《あ》れるのです。
25 船頭《せんどう》の祭《まつ》る神様《かみさま》。
26 竜《りゅう》の毛《け》の先一本《さきいっぽん》さえも動《うご》かし申《もう》し上《あ》げますまい。
27 お祈《いの》りの文句《もんく》を大声《おおごえ》でとなえて。
28 立《た》ったり坐《すわ》ったり。
29 おっしゃった効果《こうか》であろうか。

を聞《き》き入《い》れ給《たま》はず。三四日《みかよか》吹《ふ》きて、[1]吹《ふ》き返《かへ》し寄《よ》せたり。浜《はま》を見《み》れば、播磨《はりま》の明石《あかし》の浜《はま》なりけり。大納言《だいなごん》、「南海《なんかい》の浜《はま》に吹《ふ》き寄《よ》せられたるにやあらむ」と思《おも》ひて、[2]息《いき》づき臥《ふ》し給《たま》へり。

船《ふね》にある男《をのこ》ども、[3]国《くに》に告《つ》げたれども、[4]国《くに》の司《つかさ》まうでとぶらふにも、え起《お》きあがり給《たま》はで、船底《ふなぞこ》に臥《ふ》し給《たま》へり。松原《まつばら》に御筵《みむしろ》敷《し》きて、下《おろ》し奉《たてまつ》る。その時《とき》にぞ、「南《みなみ》の海《うみ》にあらざりけり」と思《おも》ひて、辛《から》うじて起《お》き上《あが》り給《たま》へるを見《み》れば、[5]風《かぜ》いと重《おも》き人《ひと》にて、腹《はら》いとふくれ、[6]こなたかなたの目《め》には、[7]杏《すもも》を二つつけたるやうなり。これを見《み》奉《たてまつ》りて、その国《くに》の司《つかさ》も[8]ほほゑみたる。

国《くに》に仰《おほ》せ給《たま》ひて、[9]手輿《たごし》作《つく》らせ給《たま》ひて、[10]によふによふ荷《にな》はれ給《たま》ひて、家《いへ》に入《い》り給《たま》ひぬるを、いかでか聞《き》きけむ、遣《つか》はしし男《をのこ》ども参《まゐ》りて申《まう》すやう、「竜《たつ》の首《くび》の珠《たま》をえ取《と》らざりしかばなむ、[11]殿《との》へもえ参《まゐ》らざりし。珠《たま》の取《と》り難《がた》かりしことを知《し》り給《たま》へればなむ、[12]勘当《かんだう》あらじとて参《まゐ》りつる」と申《まう》す。大納言《だいなごん》起《お》き居《ゐ》て宣《の》給《たま》はく、「汝等《なんぢら》[13]よくもて来《こ》ずなりぬ。竜《たつ》は[14]鳴《な》る雷《かみ》の類《るゐ》にてこそありけれ。それが珠《たま》を取《と》らむとて、そこらの人々《ひとびと》の害《がい》せられなむとしけり。まして竜《たつ》を捕《とら》へたらましかば、又《また》、[15]こともなく、我《われ》は害《がい》せられなまし。よく[16]捕《とら》へずなりにけり。かぐや姫《ひめ》てふ[17]大盗人《おほぬすびと》の奴《やつ》が、人《ひと》を殺《ころ》さむとするなりけり。家《いへ》の辺《あたり》だ

---

1 風《かぜ》が船《ふね》を吹《ふ》きもどし、ある浜《はま》に寄《よ》せ着《つ》けた。
2 ため息《いき》をついて、つっ伏《ぷ》していらっしゃった。
3 播磨《はりま》の国《くに》の役所《やくしょ》。
4 国《くに》の守《かみ》がやって来《き》てお見舞《みま》いをしても。
5 風病《ふうびょう》をひどく重《おも》くわずらうたちの人《ひと》で。
6 左右《さゆう》の。
7 赤《あか》くはれ上《あ》がった目《め》のたとえ。
8 にやにやしている。
9 手《て》で運《はこ》ぶ輿《こし》の一種《いっしゅ》。
10 うんうんうめきながら。
11 大納言《だいなごん》様《さま》のお邸《やしき》。
12 お叱《しか》りはあるまい。
13 よくまあ、玉《たま》を持《も》って来《こ》ないでくれた。
14 雷《かみなり》の仲間《なかま》で。
15 あっさり私《わたし》は殺《ころ》されたに違《ちが》いない。
16 運《うん》よく捕《とら》えないですんだものだよ。
17 大悪党《だいあくとう》め。

に今《いま》は通《とほ》らじ。男《をのこ》ども、[18]な歩《あり》きそ」とて、家《いへ》に少《すこ》し残《のこ》りたりける物《もの》どもは、竜《たつ》の珠《たま》を取《と》らぬ者《もの》どもに賜《た》びつ。

これを聞《き》きて、[19]離《はな》れ給《たま》ひし本《もと》の上《うへ》は、[20]腹《はら》をきりて笑《わら》ひ給《たま》ふ。糸《いと》を葺《ふ》かせ造《つく》りし屋《や》は、鳶《とび》、烏《からす》の巣《す》に、皆《みな》咋《く》ひもていにけり。[21]世界《せかい》の人《ひと》のいひけるは、「大伴《おほとも》の大納言《だいなごん》は、竜《たつ》の首《くび》の[22]珠《たま》や取《と》りておはしたる」世間《せけん》の人《ひと》「否《いな》、[23]さもあらず。御眼《みまなこ》二つに、杏《すもも》のやうなる珠《たま》をぞ添《そ》へていましたる」といひければ、[24]「あなたへ難《がた》」といひけるよりぞ、[25]世《よ》にあはぬ事《こと》をば、「あな堪《た》へ難《がた》」とはいひ始《はじ》めける。

燕《つばくらめ》の子安貝《こやすがひ》

中納言《ちゅうなごん》石上《いそのかみ》のまろたりは、家《いへ》に使《つか》はるる男《をのこ》どもの許《もと》に、中納言《ちゅうなごん》「燕《つばくらめ》の、[26]巣《す》くひたらば、告《つ》げよ」と宣給《のたま》ふを、うけたまはりて、家来達《けらいたち》「何《なに》の用《よう》にかあらむ」と申《まう》す。答《こた》へて宣給《のたま》ふやう、中納言《ちゅうなごん》「燕《つばくらめ》の持《も》たる子安《こやす》の貝《かひ》を[27]取《と》らむ料《れう》なり」と宣給《のたま》ふ。男《をのこ》ども答《こた》へて申《まう》す、「燕《つばくらめ》を数多《あまた》殺《ころ》して見《み》るだにも、

---

18 うろつくなよ。
19 離縁《りえん》なさった前妻《ぜんさい》。
20 腹《はら》をかかえて。
21 世間《せけん》の人々《ひとびと》。
22 玉《たま》を取《と》ってお帰《かえ》りになったのか。
23 そうでもない。
24 「あなたへ難《がた》い（＝ああ、おかしくて我慢《がまん》できない）」に「食《た》べ難《がた》い（＝はれ物《もの》のすももでは食《た》べられない）」をかけたしゃれ。
25 うまくゆかない。
26 巣《す》を作《つく》ったら。
27 取《と》るためだ。

腹《はら》に何《なに》も無《な》きものなり。但《ただ》し、子産《こう》む時《とき》なむ、[1]いかでか出《いだ》すらむ。[2]はらかくかと申《まう》す。人《ひと》だに見《み》れば失《う》せぬ」と申《まう》す。また人《ひと》の申《まう》すやうは、「[3]大炊寮《おほひづかさ》の[4]飯《いひ》炊《かし》く屋《や》の棟《むね》に、[5]ぐしの穴毎《あなごと》に燕《つばくらめ》は巣《す》をくひ侍《はべ》り。それに、[6]まめならむ男《をのこ》どもをゐてまかりて、[7]あぐらを結《ゆ》ひ上《あ》げて、窺《うかが》はせむに、[8]そこらの燕《つばくらめ》、子産《こう》まざらむやは。[9]さてこそ取《と》らしめ給《たま》はめ」と申《まう》す。中納言喜《ちゅうなごんよろこ》び給《たま》ひて、「をかしき事《こと》にもあるかな。[10]もつとも知《し》らざりけり。興《きょう》あること申《まう》したり」と宣《の》給《たま》ひて、まめなる男二十人《をのこにじふにん》ばかり遣《つか》はして、[11]あななひに上《あ》げすゑられたり。殿《との》より[12]使《つかひ》ひまなく賜《たま》はせて、「子安《こやす》の貝取《かひと》りたるか」と問《と》はせ給《たま》ふ。燕《つばくらめ》も、人《ひと》の数多上《あまたのぼ》り居《ゐ》たるにおぢて、巣《す》にも上《のぼ》り来《こ》ず。[13]かかる由《よし》の返事《かへりごと》を申《まう》したれば、聞《き》き給《たま》ひて、「如何《いかが》すべき」と思《おぼ》し煩《わづら》ふに、かの寮《つかさ》の官人《くわんにん》くらつ麻呂《まろ》と申《まう》す翁申《おきなまう》すやう、「子安貝取《こやすがひと》らむと思《おぼ》し召《め》さば、[14]たばかり申《まう》さむ」とて御前《おんまへ》に参《まゐ》りたれば、中納言《ちゅうなごん》、額《ひたひ》を合《あは》せてむかひ給《たま》へり。くらつ麻呂《まろ》が申《まう》すやう、「この燕《つばくらめ》の子安貝《こやすがひ》は、[15]悪《あ》しくたばかりて取《と》らせ給《たま》ふなり。[16]さてはえ取《と》らせ給《たま》はじ。あななひに[17]おどろおどろしく二十人《にじふにん》の人《ひと》の上《のぼ》りて侍《はべ》れば、[18]あれて寄《よ》りまうで来《こ》ず。せさせ給《たま》ふべきやうは、このあななひを[19]こぼちて、人皆退《ひとみなしりぞ》きて、まめならむ人一人《ひとひとり》を[20]荒籠《あらこ》に乗《の》せ据《す》ゑて、綱《つな》を構《かま》へて、鳥《とり》の子産《こう》まむ間《あひだ》に綱《つな》を

1　どうして出《だ》すのでしょう。
2　子安貝《こやすがい》をかかえている。
3　米穀《べいこく》を管理《かんり》する役所《やくしょ》。宮内省《くないしょう》に属《ぞく》する。
4　ごはんをたく建物《たてもの》。
5　家《いえ》の棟《むね》の、神聖《しんせい》とされた場所《ばしょ》。
6　忠実《ちゅうじつ》な家来《けらい》たちをつれて行《い》って。
7　足場《あしば》を組《く》み上《あ》げて。
8　たくさんの燕《つばめ》の中《なか》のどれかが、きっと卵《たまご》を産《う》むはずです。
9　その時《とき》こそ、子安貝《こやすがい》をお取《と》らせになるのがよいでしょう。
10　ちっとも気《き》が付《つ》かなかった。
11　足場《あしば》。
12　ひっきりなしに使《つか》いの者《もの》をよこされて。
13　燕《つばめ》が来《こ》ないこと。
14　作戦《さくせん》をお教《おし》えしましょう。
15　まずい作戦《さくせん》で、お取《と》りになっています。

吊《つ》り上《あ》げさせて、ふと、子安貝《こやすがひ》を取[21]《と》らせ給《たま》はむなむ、よかるべき」と申《まう》す。中納言《ちゅうなごん》宣給《のたま》ふやう、「いとよきことなり」とて、あななひをこぼし、人皆帰《ひとみなかへ》りまうで来《き》ぬ。

中納言《ちゅうなごん》、くらつ麻呂《まろ》に宣給《のたま》はく、「燕《つばくらめ》は、いかなる時《とき》にか子《こ》を産《う》むと知《し》りて、人をば上ぐべき」と宣給ふ。くらつ麻呂申すやう、「燕、子産まむとする時《とき》は、尾《を》を捧《ささ》げて七度《しちど》廻《めぐ》りてなむ、産《う》み落《おと》すめる。さて、七度《しちど》廻《めぐ》らむ折《をり》、[23]ひき上《あ》げて、その折《をり》、子安貝《こやすがひ》は取《と》らせ給《たま》へ」と申《まう》す。中納言喜《ちゅうなごんよろこ》び給《たま》ひて、よろづの人《ひと》にも知《し》らせ給《たま》はで、[24]みそかに寮《つかさ》にいまして、男《をのこ》どもの中《なか》に交《まじ》りて、[25]夜《よる》を昼《ひる》になして取《と》らしめ給《たま》ふ。くらつ麻呂《まろ》かく申《まう》すを、いといたく喜《よろこ》びて、宣給《のたま》ふ。中納言《ちゅうなごん》「[26]ここに使《つか》はるる人《ひと》にもなきに、願《ねが》ひを叶《かな》ふる事《こと》の嬉《うれ》しさ」と宣給《のたま》ひて、御衣《おんぞ》脱《ぬ》ぎて[27]被《かづ》け給《たま》ひつ。中納言《ちゅうなごん》「[28]更《さら》に夜《よ》さりこの寮《つかさ》にまうで来《こ》」と宣給《のたま》ひて、遣《つか》はしつ。

日暮《ひく》れぬれば、かの寮《つかさ》におはして見給《みたま》ふに、誠《まこと》に燕《つばくらめ》巣《す》つくれり。くらつ麻呂申《まろまう》すやう、[29]尾《を》浮《う》けてめぐるに、荒籠《あらこ》に人《ひと》をのぼせて吊《つ》り上《あ》げさせて、燕《つばくらめ》の巣《す》に手《て》をさし入《い》れさせて探《さぐ》るに、「[30]物《もの》もなし」と申《まう》すに、中納言《ちゅうなごん》、「あ[31]しく探《さぐ》ればなきなり」と腹立《はらだ》ちて、中《ちゅう》納言《なごん》「[32]誰《たれ》ばかりおぼえむに」とて、中《ちゅう》

---

16 そんなことでは、お取《と》りになれまい。
17 ものものしく。
18 恐《おそ》れ、遠《とお》のいて。
19 取《と》りこわし。
20 目《め》の粗《あら》いかご。
21 取《と》らせなさるのが、よろしいでしょう。
22 人《ひと》を上《あ》げたらよいだろうか。
23 籠《かご》を引《ひ》き上《あ》げて。
24 こっそり。
25 昼夜兼行《ちゅうやけんこう》で。
26 そなたは、私《わたし》の家来《けらい》でもないのに、望《のぞ》みをかなえてくれるのは実《じつ》に嬉《うれ》しい。
27 ほうびとしてお与《あた》えになった。
28 夜《よる》になったら。
29 尾《お》を浮《う》かせて。
30 何《なに》もありません。
31 へたに探《さぐ》るからないのだ。
32 どんな者《もの》が適任《てきにん》か、思《おも》いあたらない。

納言《なごん》「われ登《のぼ》りて探《さぐ》らむ」と宣給《のたま》ひて、籠《こ》に乗《の》りて吊《つ》られ上《のぼ》りて窺《うかが》ひ給《たま》へるに、燕《つばくらめ》尾《を》をささげていたく廻《めぐ》るに合《あは》せて、[1]手《て》を捧《ささ》げて探《さぐ》り給《たま》ふに、手《て》に[2]ひらめる物《もの》さはる時《とき》に、中納言《ちゅうなごん》「われ物握《ものにぎ》りたり。今《いま》は下《おろ》してよ。[3]翁《おきな》、しえたり」と宣給《のたま》ふ。集《あつま》りて、「疾《と》く下《おろ》さむ」とて、綱《つな》を引《ひ》き過《す》ぐして、[4]綱絶《つなた》ゆるすなはちに、[5]八島《やしま》の鼎《かなへ》の上《うへ》に仰様《のけざま》に落《お》ち給《たま》へり。

人々《ひとびと》[6]あさましがりて、寄《よ》りて抱《かか》へ奉《たてまつ》れり。御目《おんめ》は白眼《しらめ》にて臥《ふ》し給《たま》へり。人々《ひとびと》、水《みづ》をすくひ[7]入《い》れ奉《たてまつ》る。からうじて息《いき》いで給《たま》へるに、また鼎《かなへ》の上《うへ》より、手《て》とり足《あし》とりしてさげ下《おろ》し奉《たてまつ》る。からうじて、「御心地《おんここち》はいかが思《おぼ》さるる」と問《と》へば、[8]息《いき》の下《した》にて、中納言《ちゅうなごん》「[9]ものは少《すこ》しおぼゆれども、腰《こし》なむ動《うご》かれぬ。されど子安貝《こやすがひ》をふと握《にぎ》りもたれば、嬉《うれ》しくおぼゆるなり。まづ、[10]脂燭《しそく》さして来《こ》。この貝《かひ》、顔《かほ》みむ」と御頭《みぐし》もたげて御手《おんて》をひろげ給《たま》へるに、燕《つばくらめ》の[11]まり置《お》ける古糞《ふるくそ》を握《にぎ》り給《たま》へるなりけり。それを見給《みたま》ひて、「[12]あなかひなの業《わざ》や」と宣給《のたま》ひけるよりぞ、思《おも》ふに違《たが》ふことをば、「[13]かひなし」とはいひける。

貝《かひ》にもあらずと見給《みたま》ひけるに、御心地《おんここち》もたがひて、[14]唐櫃《からびつ》の蓋《ふた》に入《い》れられ給《たま》ふべくもあらず、御腰《おんこし》は折《を》れにけり。中納言《ちゅうなごん》は、[15]わらはげたるわざして病《や》むことを、人《ひと》に聞《き》かせじとし給《たま》ひけれど、それを[16]病《やまひ》にて、いと弱《よわ》くなり給《たま》ひに

---

1 手《て》を高《たか》くさし上《あ》げ。
2 平《ひら》たい物《もの》。
3 じいさん（＝くらつ麻《ま》呂《ろ》）、うまくやったよ。
4 綱《つな》が切《き》れたとたん。
5 大炊寮《おおいりょう》にある八つの、三本《ぼん》足《あし》の釜《かま》。
6 驚《おどろ》きあわてて。
7 口《くち》にお入《い》れする。
8 息《いき》も絶《た》えだえに。
9 意《い》識《しき》はやや回《かい》復《ふく》したけれども。
10 脂《し》燭《そく》（＝松《まつ》の木《き》を細長《ほそなが》くけずって作《つく》る携《けい》帯《たい》用《よう》の照《しょう》明《めい》具《ぐ》）に火《ひ》をつけて持《も》って来《こ》い。
11 たれて置《お》いた。
12 ああ、貝《かい》のないことよ。
13 「貝《かい》無《な》し」に「効《こう》（かい）無《な》し」をかけた。
14 唐《から》櫃《びつ》の蓋《ふた》におからだをお入《い》れ申《もう》すこともできないほどで。
15 子《こ》供《ども》っぽい。
16 病《びょう》気《き》の種《たね》として。

けり。貝《かひ》をばえ取《と》らずなりにけるよりも、人《ひと》の聞《き》き笑《わら》はむ事《こと》を、[17]日《ひ》にそへて思《おも》ひ給《たま》ひければ、[18]ただに病《や》み死《し》ぬるよりも、人聞《ひとぎ》き恥《はづ》かしくおぼえ給《たま》ふなりけり。これをかぐや姫《ひめ》聞《き》きて、とぶらひにやる歌《うた》、

[19]年《とし》を経《へ》て波立《なみた》ち寄《よ》らぬ住《すみ》の江《え》のまつかひなしと聞《き》くはまことか

とあるを読《よ》みて聞《き》かす。いと弱《よわ》き心地《ここち》に頭《かしら》もたげて、人《ひと》に紙《かみ》を持《も》たせて、苦《くる》しき心地《ここち》にからうじて書《か》き給《たま》ふ、

[20]かひはかくありけるものをわび果《は》てて死《し》ぬる命《いのち》をすくひやはせぬ

と書《か》き果《は》つる、[21]絶《た》え入《い》り給《たま》ひぬ。これを聞《き》きて、かぐや姫《ひめ》、「少《すこ》しあはれ」とおぼしけり。それよりなむ、少《すこ》し嬉《うれ》しきことをば、「かひあり」とはいひける。

御狩《みかり》のみゆき

さて、かぐや姫《ひめ》、容《かたち》の世《よ》に似《に》ずめでたき事《こと》を、帝《みかど》きこしめして、[22]内侍中臣《ないしなかとみ》のふさ子《こ》に宣給《のたま》ふ、「おほくの人《ひと》の身《み》を[23]徒《いたづら》になしてあはざなるかぐや姫《ひめ》は、

---

17 日《ひ》がたつにつれ。
18 空《むな》しく病死《びょうし》するよりも、外聞《がいぶん》が悪《わる》く。
19 長年《ながねん》お立《た》ち寄《よ》り下《くだ》さいませんが、波《なみ》の打《う》ち寄《よ》せない住《すみ》の江《え》の松《まつ》のように、貝《かい》がないのでお待《ま》ちするかいがないというのは本当《ほんとう》でしょうか。
20 貝《かい》はなかったが、姫《ひめ》の見舞《みま》いの歌《うた》をいただいたかいはありましたのに、悲観《ひかん》し切《き》って死《し》んでゆく私《わたし》の命《いのち》を、結婚《けっこん》によってどうして救《すく》っては下《くだ》さらないのか。
21 書《か》き終《お》わると、そのまま息《いき》絶《た》えてしまわれた。
22 天皇《てんのう》のお側《そば》に仕《つか》えた女《にょ》官《かん》の一《いち》。
23 身《み》を滅《ほろ》ぼしても。

いかばかりの女《をんな》ぞと、まかりて見《み》てまゐれ」と宣給《のたま》ふ。ふさ子《こ》、承《うけたまは》りてまかれり。

竹取《たけとり》の家《いへ》に、かしこまりて請《しやう》じ入《い》れて、あへり。嫗《おむな》に内侍《ないし》宣給《のたま》ふ、「仰《おほ》せごとに、かぐや姫《ひめ》の[1]かたち優《いう》におはすなり。よく見《み》て参《まゐ》るべき由《よし》宣給《のたま》はせつるになむ参《まゐ》りつる」といへば、「さらば、かく申《まう》し侍《はべ》らむ」といひて入《い》りぬ。

かぐや姫《ひめ》に、「はや、かの御使《おんつかひ》に対面《たいめん》し給《たま》へ」といへば、かぐや姫《ひめ》、「よき容《かたち》にもあらず、[2]いかでか見《み》ゆべき」といへば、「[3]うたても宣給《のたま》ふかな。帝《みかど》の御使《おんつかひ》をば[4]いかでかおろかにせむ」といへば、かぐや姫《ひめ》答《こた》ふるやう、「帝《みかど》の召《め》して宣給《のたま》はむこと、[5]かしこしとも思《おも》はず」といひて、[6]更《さら》に見《み》ゆべくもあらず。産《う》める子《こ》のやうにあれど、[7]いと心《こころ》はづかしげに、おろそかなるやうにいひければ、[8]心《こころ》のままにもえ責《せ》めず。嫗《おむな》、内侍《ないし》の許《もと》に帰《かへ》り出《い》でて、「口惜《くちを》しく[9]この幼《をさな》き者《もの》はこはく侍《はべ》るものにて、対面《たいめん》すまじき」と申《まう》す。内侍《ないし》「かならず見《み》奉《たてまつ》りて参《まゐ》れと仰《おほ》せ事《ごと》ありつるものを、見《み》奉《たてまつ》らではいかでか帰《かへ》り参《まゐ》らむ。国《こく》王《わう》の仰《おほ》せ事《ごと》を、[10]まさに世《よ》に住《す》み給《たま》はむ人《ひと》の、承《うけたまは》り給《たま》はでありなむや。[11]いはれぬ事《こと》なし給《たま》ひそ」と、[12]詞《ことば》はづかしくいひければ、これを聞《き》きて、ましてかぐや姫《ひめ》聞《き》くべくもあらず。「国王《こくわう》の仰《おほ》せ事《ごと》を背《そむ》かば、はや殺《ころ》し給《たま》ひてよか

---

1 容貌《ようぼう》が優美《ゆうび》でいらっしゃる。
2 どうしてお目《め》にかかれましょう。
3 とんでもないことをおっしゃいますねえ。
4 どうしてなおざりにできましょう。
5 恐《おそ》れ多《おお》い。
6 一向《いっこう》にお目《め》にかかりそうもない。
7 こちらが気兼《きが》ねするほど、よそよそしい態度《たいど》で。
8 自分《じぶん》の思《おも》い通《どお》りに強制《きょうせい》もできない。
9 この子《こ》は強情者《ごうじょうもの》でございまして。
10 現《げん》にこの世《よ》にお住《す》みになっている人《ひと》が、お受《う》けしないでいられましょうか。
11 筋《すじ》の通《とお》らないことをなさいますな。
12 聞《き》く方《ほう》が恥《は》じ入《い》るような強《つよ》い調子《ちょうし》で。

し」といふ。

この内侍《ないし》帰《かへ》り、この由《よし》を[13]奏《そう》す。帝聞《みかどきこ》しめして、「多《おほ》くの人殺《ひところ》してける心《こころ》ぞかし」と宣《のたま》ひて、止《や》みにけれど、[14]なほおぼしおはしまして、「この女《をんな》の[15]たばかりにや負《ま》けむ」と思《おぼ》して、仰《おほ》せ給《たま》ふ、「汝《なんぢ》が持《も》ちて侍《はべ》るかぐや姫奉《ひめたてまつ》れ。顔容《かほかたち》よしと聞《きこ》しめして、御使《おんつかひ》を賜《た》びしかど、かひなく見《み》えずなりにけり。か[16]くたいだいしくやは習《なら》はすべき」と仰《おほ》せらる。翁《おきな》かしこまりて御返事申《おんかへりごとまう》すやう、[17]「この女《め》の童《わらは》は、絶《た》えて宮仕《みやづか》へつかう奉《まつ》るべくもあらず侍《はべ》るを、もてわづらひ侍《はべ》り。[18]さりとも、まかりて仰《おほ》せ事給《ごとたま》はむ」と奏《そう》す。これを聞《きこ》しめして、仰《おほ》せ給《たま》ふ、「などか、翁《おきな》の手《て》におほし立《た》てたらむものを、心《こころ》に任《まか》せざらむ。この女《をんな》もし奉《たてまつ》りたるものならば、翁《おきな》に[19]冠《かうぶり》を、などか賜《たま》はせざらむ」。

翁《おきな》、喜《よろこ》びて、家《いへ》に帰《かへ》りて、かぐや姫《ひめ》に語《かた》らふやう、「かくなむ帝《みかど》の仰《おほ》せ給《たま》へる。[20]なほやは仕《つか》うまつり給《たま》はぬ」といへば、かぐや姫答《ひめこた》へていはく、「もはら、さやうの宮仕《みやづか》へつかう奉《まつ》らじと思《おも》ふを、強《し》ひて仕《つか》う奉《まつ》らせ給《たま》はば、[21]消《き》え失《う》せなむず。[22]御官《みつかさ》・冠仕《かうぶりつか》うまつりて、死《し》ぬばかりなり」。翁《おきな》いらふるやう、「なし給《たま》ひ。官冠《つかさかうぶり》も、我《わ》が子《こ》を見奉《みたてまつ》らでは、何《なに》にかはせむ。さはありとも、などか宮仕《みやづか》へをし給《たま》はざらむ。死《し》に給《たま》ふべきやうやあるべき」といふ。

---

13 帝《みかど》に申《もう》し上《あ》げる。
14 やはり姫《ひめ》をお思《おも》いになっておられ。
15 計略《けいりゃく》に負《ま》けてなるものか。
16 勅命《ちょくめい》を疎略《そりゃく》にするようしつけてよいものか。
17 この娘《むすめ》は、一向《いっこう》に宮仕《みやづか》えいたしそうもありませんので、もてあましております。
18 それにしましても、家《いえ》に帰《かえ》ってお言葉《ことば》をお受《う》けさせましょう。
19 五位《い》の位《くらい》を、必《かなら》ず授《さず》けよう。
20 それでもやはり宮仕《みやづか》えなさらないのか。
21 きっと姿《すがた》を消《け》してしまいましょう。
22 官位《かんい》が授《さず》かるようにしてさし上《あ》げて。

「猶《なほ》そらごとかと、[1]仕《つか》う奉《まつ》らせて、死《し》なずやあると見給《みたま》へ。あまたの人《ひと》の、志《こころざし》おろかならざりしを、[2]空《むな》しくなしてこそあれ。昨日今日《きのふけふ》帝《みかど》の宣給《のたま》はむことに[3]つかむ、人聞《ひとぎき》やさし」といへば、翁《おきな》、答《こた》へていはく、「天下《てんか》の事《こと》は、[4]とありとも、かかりとも、御命《みいのち》の危《あやふ》さこそ大《おほき》なる[5]障《さは》りなれば、猶仕《なほつか》うまつるまじき事《こと》を、参《まゐ》りて申《まう》さむ」とて、参《まゐ》りて申《まう》すやう、「仰《おほ》せの事《こと》のかしこさに、かの童《わらは》を参《まゐ》らせむとて[6]仕《つか》うまつれば、『宮仕《みやづか》へに出《いだ》し立《た》てば死《し》ぬべし』と申《まう》す。造麻呂《みやつこまろ》が手《て》に産《うま》せたる子《こ》にもあらず。昔《むかし》、山《やま》にて見《み》つけたる。かかれば[7]心《こころ》ばせも世《よ》の人《ひと》に似《に》ず侍《はべ》り」と奏《そう》せさす。

帝《みかど》おほせ給《たま》ふ、「造麻呂《みやつこまろ》が家《いへ》は[8]山本近《やまもとちか》かなり。[9]御狩《みかり》の行幸《みゆき》し給《たま》はむやうにて見《み》てむや」とのたまはす。造麻呂《みやつこまろ》が申《まう》すやう、「いとよき事《こと》なり。[10]何《なに》か心《こころ》もなくて侍《はべ》らむに、ふと行幸《みゆき》して御覧《ごらん》ぜむに、御覧《ごらん》ぜられなむ」と奏《そう》すれば、帝《みかど》にはかに日《ひ》を定《さだ》めて、御狩《みかり》に出《い》で給《たま》うて、かぐや姫《ひめ》の家《いへ》に入《い》りたまうて見《み》給《たま》ふに、光《ひかり》みちて[11]清《きよ》らにて居《ゐ》たる人《ひと》あり。「これならむ」とおぼして近《ちか》く寄《よ》らせ給《たま》ふに、逃《に》げて入《い》る。袖《そで》をとらへ給《たま》へば、面《おもて》をふたぎてさぶらへど、初《はじ》めよく御覧《ごらん》じつれば、類《たぐひ》なくめでたくおぼえさせ給《たま》ひて、「[12]許《ゆる》さじとす」とて、率《ゐ》ておはしまさむとするに、かぐや姫答《ひめこた》へて奏《そう》す、「おのが身《み》は、[13]この

1　宮仕《みやづか》えさせてみて、死《し》なないでいるかどうか御覧《ごらん》なさいませ。
2　むだにしてしまったことだのに。
3　従《したが》いますのは、世間体《せけんてい》が悪《わる》い。
4　どうあろうとも。
5　心配事《しんぱいごと》。
6　いろいろ手《て》をつくしましたところ。
7　気性《きしょう》。
8　山《やま》のふもと近《ちか》くだそうだな。
9　狩《か》りにお出《で》かけになる風《ふう》をして、姫《ひめ》を見《み》てしまおうか。
10　何《なん》となくぼんやりしております時《とき》に。
11　すばらしく美《うつく》しい姿《すがた》で。
12　放《はな》さんぞ。
13　この日本《にほん》に生《う》まれたのでしたら、お召《め》し使《つか》いになれましょう。しかしそうではありませんので、私《わたし》をお連《つ》れあそばすのはむずかしいことでしょう。

国《くに》に生《むま》れて侍《はべ》らばこそ使《つか》ひ給《たま》はめ。いと率《ゐ》ておはしまし難《がた》くや侍《はべ》らむ」と奏《そう》す。帝《みかど》、「[14]などかさあらむ。猶率《なほゐ》ておはしまさむ」とて、御輿《みこし》を寄《よ》せ給《たま》ふに、このかぐや姫《ひめ》、[15]きと影《かげ》になりぬ。はかなく、口惜《くちを》しと思《おぼ》して、「げにただ人《ひと》にはあらざりけり」とおぼして、「さらば御供《おんとも》には率《ゐ》ていかじ。もとの御《おん》かたちとなり給《たま》ひね。[16]それを見《み》てだに還《かへ》りなむ」と仰《おほ》せらるれば、かぐや姫《ひめ》もとのかたちになりぬ。

帝《みかど》、なほめでたく思《おぼ》し召《め》さるる事《こと》せきとめ難《がた》し。かく見《み》せつる造麻呂《みやつこまろ》を悦《よろこ》び給《たま》ふ。さて、仕《つか》うまつる百官《ひやくわん》の人々《ひとびと》に、[17]あるじいかめしう仕《つか》うまつる。

帝《みかど》、かぐや姫《ひめ》を留《とど》めて還《かへ》りたまはむことを、飽《あ》かず口惜《くちを》しく思《おぼ》しけれど、たましひを留《とど》めたる心地《ここち》してなむ、還《かへ》らせたまひける。御輿《みこし》に[18]奉《たてまつ》りて後《のち》に、かぐや姫《ひめ》に、

[19]還《かへ》るさのみゆき物《もの》うくおもほえてそむきてとまるかぐや姫《ひめ》ゆゑ

御返事《おんかへりごと》を、

[20]葎《むぐら》はふ下《した》にも年《とし》は経《へ》ぬる身《み》の何《なに》かは玉《たま》のうてなをも見《み》む

これを帝御覧《みかどごらん》じて、[21]いとど還《かへ》り給《たま》はむそらもなく思《おぼ》さる。御心《みこころ》は、[22]更《さら》に立《た》ち還《かへ》るべくも思《おぼ》されざりけれど、夜《よ》をあかし給《たま》ふべきにあらねば、

---

14 どうしてそんなことがあろう。やはり連《つ》れて行《い》こう。

15 ぱっと幻《まぼろし》になってしまった。

16 せめてそれを見《み》て帰《かえ》ることにしよう。

17 盛大《せいだい》なおもてなしをしてさし上《あ》げる。

18 お乗《の》りになって。

19 宮中《きゅうちゅう》へ帰《かえ》る行幸《みゆき》がつらく思《おも》われて後《うし》ろを向《む》いて立《た》ち止《どま》るのは、私《わたし》の命令《めいれい》に背《そむ》いて宮仕《みやづか》えせず、留《とど》まるかぐや姫《ひめ》に心《こころ》ひかれるためだ。

20 葎《むぐら》の生《お》い茂《しげ》るそまつな家《いえ》で長年過《ながねんす》ごして来《き》た身《み》として、何《なん》で今《いま》さら美《うつく》しい御殿《ごてん》を見《み》て暮《く》らせましょう。

21 一層《いっそう》お帰《かえ》りあそばすあてもなく。

22 姫《ひめ》に心《こころ》が残《のこ》り、一向《いっこう》に帰《かえ》れそうにもお思《おも》いにならなかったが。

還《かへ》らせ給《たま》ひぬ。

[1]常《つね》に仕《つか》うまつる人《ひと》を見《み》たまふに、かぐや姫《ひめ》の傍《かたはら》[2]に寄《よ》るべくだにあらざりけり。こと人《ひと》よりはけうらなりとおぼしける人《ひと》の、[3]かれに思《おぼ》しあはすれば人《ひと》にもあらず、かぐや姫《ひめ》のみ御心《みこころ》にかかりて、ただ[4]一人《ひとり》ずみし給《たま》ふ。[5]よしなく御方々《おんかたがた》にもわたり給《たま》はず、かぐや姫《ひめ》の御許《みもと》にぞ、御文《おんふみ》を書《か》きて通《かよ》はせ給《たま》ふ。御返《おんかへ》り[6]さすがに憎《にく》からず聞《きこ》えかはし給《たま》ひて、おもしろき木草《きくさ》につけても御歌《おんうた》を詠《よ》みてつかはす。

天《あま》の羽《は》ごろも

かやうに、御心《みこころ》を互《たがひ》に慰《なぐさ》め給《たま》ふほどに、三年《みとせ》ばかりありて、春《はる》の初《はじめ》より、かぐや姫《ひめ》、月《つき》の面白《おもしろ》く出《い》でたるを見《み》て、常《つね》よりも物思《ものおも》ひたる様《さま》なり。ある人《ひと》の、[7]「月《つき》の顔《かほ》見《み》るは、忌《い》む事《こと》」と制《せい》しけれども、ともすれば、[8]人間《ひとま》にも月《つき》を見《み》ては、いみじく泣《な》き給《たま》ふ。七月《ふみづき》十五日《もち》の月《つき》に出《い》で居《ゐ》て、切《せち》に物思《ものおも》へる気色《けしき》なり。近《ちか》く使《つか》はるる人々《ひとびと》、竹取《たけとり》の翁《おきな》に告《つ》げていはく、「かぐや姫《ひめ》の、[9]例《れい》も月《つき》

1 いつもお側近《そばちか》くお仕《つか》えしている女性《じょせい》たち。
2 そばに寄《よ》りつくことさえできないほど見劣《みおと》りがした。
3 かぐや姫《ひめ》に比《くら》べてお考《かんが》えになると、物《もの》の数《かず》でもない。
4 独身暮《どくしんぐ》らし。
5 つまらなくて、お妃方《きさきがた》のもとにもおいでにならない。
6 仰《おお》せには背《そむ》いたものの、情《じょう》をこめて。
7 月《つき》の面《おもて》を見《み》るのは不吉《ふきつ》なことです。
8 人目《ひとめ》につかない間《あいだ》。
9 ふだんでも月《つき》をしみじみと眺《なが》めておいでになるけれども。

をあはれがり給《たま》へども、この頃《ころ》となりては、ただ[10]事《ごと》にも侍《はべ》らざめり。いみじく思《おぼ》し歎《なげ》く事《こと》あるべし。よくよく[11]見奉《みたてまつ》らせ給《たま》へ」といふを聞《き》きて、かぐや姫《ひめ》にいふやう、翁《おきな》「[12]なんでふ心地《ここち》すれば、かく、物《もの》を思《おも》ひたる様《さま》にて、月《つき》を見給《みたま》ふぞ。[13]うましき世《よ》に」といふ。かぐや姫《ひめ》、「[14]見《み》れば、世間心細《せけんこころぼそ》くあはれに侍《はべ》り。[15]なでふ物《もの》をか歎《なげ》き侍《はべ》るべき」といふ。かぐや姫《ひめ》の在《あ》る処《ところ》にいたりて見《み》れば、なほ物思《ものおも》へる気色《けしき》なり。これを見《み》て、翁《おきな》「[16]あが仏《ほとけ》、何事《なにごと》を思《おも》ひ給《たま》ふぞ。思《おぼ》すらむこと何事《なにごと》ぞ」といへば、姫《ひめ》「思《おも》ふ事《こと》もなし。物《もの》なむ心細《こころぼそ》くおぼゆる」といへば、翁《おきな》、「[17]月《つき》な見給《みたま》ひそ。これを見給《みたま》へば、もの思《おぼ》す気色《けしき》はあるぞ」といへば、姫《ひめ》「[18]いかで月《つき》を見《み》ではあらむ」とて、猶《なほ》、月出《つきい》づれば、[19]出《い》で居《ゐ》つつ、歎《なげ》き思《おも》へり。[20]夕闇《ゆふやみ》には、物思《ものおも》はぬ気色《けしき》なり。[21]月《つき》の程《ほど》になりぬれば、猶《なほ》、時々《ときどき》はうち歎《なげ》きなどす。これを、仕《つか》ふ者《もの》ども、「なほ物思《ものおぼ》す事《こと》あるべし」とささやけど、親《おや》を始《はじ》めて、何《なに》とも知《し》らず。

八月十五日《はづきもち》ばかりの月《つき》に出《い》で居《ゐ》て、かぐや姫《ひめ》いといたく泣《な》き給《たま》ふ。人目《ひとめ》も、今《いま》は、つつみ給《たま》はず泣《な》き給《たま》ふ。これを見《み》て、親《おや》どもも、「何事《なにごと》ぞ」と問《と》ひ騒《さわ》ぐ。かぐや姫泣《ひめな》く泣《な》くいふ、「さきざきも申《まう》さむと思《おも》ひしかども、[22]必《かなら》ず心惑《こころまど》ひし給《たま》はむものぞと思《おも》ひて、今《いま》まで過《すご》し侍《はべ》りつるなり。[23]さのみやはとて、う

---

10 ただ事《ごと》ではなさそうでございます。
11 注意《ちゅうい》して、お世話《せわ》申《もう》し上《あ》げなさいませ。
12 どんな気持《きも》ち。
13 けっこうな世《よ》の中《なか》ですのに。
14 月《つき》を見《み》ますと。
15 どうして悩《なや》み歎《なげ》くことがございましょう。
16 大切《たいせつ》なわが子《こ》よ。
17 月《つき》を御覧《ごらん》になるな。
18 どうして月《つき》を見《み》ないでいられましょう。
19 縁先《えんさき》に出《で》て坐《すわ》っては。
20 月《つき》の出《で》ない宵《よい》。
21 夕月《ゆうづき》の出《で》ている時分《じぶん》。
22 きっとお心《こころ》をお乱《みだ》しになるだろう。
23 そう隠《かく》してばかりもいられないと思《おも》って、打《う》ち明《あ》け申《もう》すのでございます。

ち出《い》で侍《はべ》りぬるぞ。おのが身《み》は、この国《くに》の人《ひと》にもあらず、月《つき》の都《みやこ》の人《ひと》なり。[1]それを、昔《むかし》の契《ちぎり》ありけるによりなむ、この世界《せかい》にはまうで来《き》たりける。今《いま》は帰《かへ》るべきになりにければ、この月《つき》の十五日《もち》に、かの本《もと》の国《くに》より、迎《むか》へに人々《ひとびと》[2]まうで来《こ》むず。[3]さらずまかりぬべければ、思《おぼ》し歎《なげ》かむが悲《かな》しきことを、この春《はる》より、思《おも》ひ歎《なげ》き侍《はべ》るなり」といひて、いみじく泣《な》くを、翁《おきな》「[4]こは、なでふ事宣給《ことのたま》ふぞ。竹《たけ》の中《なか》より見《み》つけ聞《きこ》えたりしかど、菜種《なたね》の大《おほ》きさおはせしを、我《わ》が丈《たけ》立《た》ち並《なら》ぶまで養《やしな》ひ奉《たてまつ》りたる我《わ》が子《こ》を、何人《なにびと》か迎《むか》へ聞《きこ》えむ。[5]まさに許《ゆる》さむや」といひて、翁《おきな》「[6]我《われ》こそ死《し》なめ」とて、泣《な》きののしること、いと堪《た》へ難《がた》げなり。かぐや姫《ひめ》のいはく、姫《ひめ》「月《つき》の都《みやこ》の人《ひと》にて父母《ちちはは》あり。片時《かたとき》の間《あひだ》とて、かの国《くに》よりまうで来《こ》しかども、[7]かく、この国《くに》には、数多《あまた》の年《とし》を経《へ》ぬるになむありける。かの国《くに》の父母《ちちはは》の事《こと》もおぼえず、ここには[8]かく久《ひさ》しく遊《あそ》び聞《きこ》えて、ならひ奉《たてまつ》れり。[9]いみじからむ心地《ここち》もせず、悲《かな》しくのみある。[10]されどおのが心《こころ》ならず、まかりなむとする」といひて、もろともにいみじう泣《な》く。使《つか》はるる人々《ひとびと》も、年頃《としごろ》馴《な》らひて、たち別《わか》れなむことを、[11]心《こころ》ばへなどあてやかにうつくしかりつることを見馴《みな》らひて、恋《こひ》しからむことの堪《た》へがたく、湯水《ゆみづ》も飲《の》まれず、同《おな》じ心《こころ》に歎《なげ》かしがりけり。

1　それなのに、前世《ぜんせ》の約束《やくそく》がありましたので。
2　やって来《く》ようとしています。
3　やむなく帰《かえ》らなければなりませんので。
4　これはなんという。
5　どうして許《ゆる》しましょうか。
6　私《わたし》が先《さき》に死《し》のう。
7　こんなに、この人間世界《にんげんせかい》で長年《ながねん》を過《す》ごしてしまったのでした。
8　こんなに長《なが》い間《あいだ》楽《たの》しく過《す》ごしまして、お親《した》しみ申《もう》し上《あ》げました。
9　ちっとも嬉《うれ》しい気持《きも》ちがしないで。
10　けれど、自分《じぶん》の意志《いし》ではなく、月《つき》の世界《せかい》に帰《かえ》ろうとしています。
11　気立《きだ》てなどが上品《じょうひん》でかわいらしかったことをよく知《し》っているので。

この事《こと》を帝聞《みかどきこ》しめして、竹取《たけとり》が家《いへ》に御使《おんつかひ》、つかはさせ給《たま》ふ。御使《おんつかひ》に竹取《たけとり》いで会《あ》ひて、泣《な》く事限《ことかぎ》りなし。この事《こと》を歎《なげ》くに、鬚《ひげ》も白《しろ》く、腰《こし》もかがまり、目《め》もただれにけり。翁《おきな》、今年《ことし》は五十《いそぢ》ばかりなりけれども、物思《ものおも》ふには、片時《かたとき》になむ老《おい》になりにけると見《み》ゆ。御使《おんつかひ》、仰《おほ》せ事《ごと》とて翁《おきな》にいはく、御使《おんつかひ》「[12]いと心苦《こころぐる》しく物思《ものおも》ふなるは、まことか」と仰《おほ》せ給《たま》ふ。竹取《たけとり》、泣《な》く泣《な》く申《まう》す、「この十五日《もち》になむ、月《つき》の都《みやこ》より、かぐや姫《ひめ》の迎《むか》へにまうで来《く》なる。[13]尊《たふと》くとはせ給《たま》ふ。この十五日《もち》は、[14]人々賜《ひとびとたま》はりて、月《つき》の都《みやこ》の人《ひと》まうで来《こ》ば、捕《とら》へさせむ」と申《まう》す。御使帰《おんつかひかへ》り参《まゐ》りて、翁《おきな》の有様申《ありさままう》して、[15]奏《そう》しつる事《こと》ども申《まう》すを、聞《きこ》し召《め》して、宣給《のたま》ふ、「[16]一目見給《ひとめみたま》ひし御心《みこころ》にだに忘《わす》れ給《たま》はぬに、明《あ》け暮《く》れ見馴《みな》れたるかぐや姫《ひめ》をやりては、いかが思《おも》ふべき」。

かの十五日《もち》の日《ひ》、司々《つかさづかさ》に仰《おほ》せて、勅使《ちょくし》、少将高野《せうしゃうたかの》の大国《おほくに》といふ人《ひと》をさして、[17]六衛《ろくゑ》の司合《つかさあは》せて二千人《にん》の人《ひと》を、竹取《たけとり》が家《いへ》に遣《つか》はす。家《いへ》にまかりて、[18]築地《ついぢ》の上《うへ》に千人《にん》、屋《や》の上《うへ》に千人《にん》、家《いへ》の人々《ひとびと》いと多《おほ》かりけるに合《あは》せて、[19]あける隙《ひま》もなく守《まも》らす。この守《まも》る人々《ひとびと》も弓矢《ゆみや》を帯《たい》して、母屋《おもや》の内《うち》には、女《をんな》どもを番《ばん》に居《を》りて、守《まも》らす。嫗《おむな》、[20]塗籠《ぬりごめ》の内《うち》にかぐや姫《ひめ》を抱《いだ》かへて居《を》り。翁《おきな》も塗籠《ぬりごめ》の戸《と》を鎖《さ》して戸口《とぐち》に居《を》り。翁《おきな》のいはく、「かばかり守《まも》る所《ところ》に、天《てん》の人《ひと》にも負《ま》けむや」

---

12 とても気《き》の毒なことに思《おも》い悩《なや》んでいるというのは本当《ほんとう》か。
13 もったいなくも。
14 朝廷《ちょうてい》から兵士《へいし》たちをお遣《つか》わしいただいて。
15 翁《おきな》が天皇《てんのう》あてに申《もう》し上《あ》げたことを、勅使《ちょくし》が帝《みかど》に報告《ほうこく》するのを。
16 ただ一《ひと》目《め》見《み》た私《わたし》の心《こころ》にさえ忘《わす》れられないのに。
17 宮中《きゅうちゅう》を守護《しゅご》する六つの役所《やくしょ》に属《ぞく》する兵士《へいし》。
18 土塀《どべい》。
19 空《あ》いているすき間《ま》。
20 壁《かべ》を厚《あつ》く塗《ぬ》り、器財《きざい》を納《おさ》めておく部屋《へや》。

といひて、屋《や》の上《うへ》に居《を》る人々《ひとびと》にいはく、翁《おきな》「[1]つゆも物空《ものそら》にかけらば、ふと射《い》殺《ころ》し給《たま》へ」。守《まも》る人々《ひとびと》のいはく、「かばかりして守《まも》る所《ところ》に、[2]蝙蝠《かはほり》一つだにあらば、まづ射殺《いころ》して外《ほか》に[3]さらさむと思《おも》ひ侍《はべ》り」といふ。翁《おきな》これを聞《き》きて、頼《たの》もしがりけり。これを聞《き》きて、かぐや姫《ひめ》は、「さし籠《こ》めて守《まも》り戦《たたか》ふべき[4]したくみをしたりとも、[5]あの国《くに》の人《ひと》を、え戦《たたか》はぬなり。弓矢《ゆみや》して射《い》られじ。かくさし籠《こ》めてありとも、かの国《くに》の人来《ひとこ》ば、皆開《みなあ》きなむとす。相戦《あひたたか》はむことすとも、かの国《くに》の人来《ひとき》なば、[6]猛《たけ》き心《こころ》つかふ人《ひと》も、よもあらじ」。翁《おきな》のいふやう、「御迎《おんむか》へに来《こ》む人《ひと》をば、長《なが》き爪《つめ》して眼《まなこ》をつかみつぶさむ。[7]さが髪《かみ》を取《と》りてかなぐり落《おと》さむ。さが[8]尻《しり》をかき出《い》でて、ここらのおほやけ人《びと》に見《み》せて、恥《はぢ》を見《み》せむ」と腹立《はらだ》ち居《を》り。かぐや姫《ひめ》いはく、「[9]声高《こわだか》にな宣給《のたま》ひそ。屋《や》のうへに居《を》る人《ひと》どもの聞《き》くに、[10]いとまさなし。[11]いますがりつる志《こころざし》どもを思《おも》ひ知《し》らで、[12]まかりなむずる事《こと》の口惜《くちを》しう侍《はべ》りけり。[13]長《なが》き契《ちぎり》のなかりければ、程《ほど》なくまかりぬべきなめりと思《おも》ふが、悲《かな》しく侍《はべ》るなり。[14]親《おや》たちの顧《かへり》みをいささかだに仕《つか》うまつらで、まからむ道《みち》も安《やす》くもあるまじき。[15]日頃《ひごろ》も出《い》で居《ゐ》て、[16]今年《ことし》ばかりの暇《いとま》を申《まう》しつれど、更《さら》に許《ゆる》されぬによりてなむ、かく思《おも》ひ歎《なげ》き侍《はべ》る。御心《みこころ》をのみ惑《まど》はして去《さ》りなむことの悲《かな》しく堪《た》へがたく侍《はべ》るなり。[17]かの都《みやこ》の人《ひと》は、いとけう

---

1 ちょっとでも何《なに》か空《そら》を飛《と》んだならば。
2 こうもり一匹《びき》でも。
3 天人《てんにん》たちへの見《み》せしめに、さらしものにしてやろう。
4 計画《けいかく》。用意《ようい》。
5 あの月《つき》の国《くに》の人《ひと》とは戦《せん》闘《とう》不可能《ふかのう》です。
6 勇猛心《ゆうもうしん》をふるえる人《ひと》は、まさかないでしょう。
7 そいつの髪《かみ》。
8 尻《しり》をまくり出《だ》して。
9 大声《おおごえ》でおっしゃいますな。
10 みっともない。
11 これまでの、両親《りょうしん》の御《ご》愛情《あいじょう》。
12 おいとましようとしている。
13 人間世界《にんげんせかい》で長《なが》く一緒《いっしょ》に過《す》ごせる運命《うんめい》。
14 御《ご》両親《りょうしん》さまのお世話《せわ》を少《すこ》しもしてさし上《あ》げないで。
15 この数日《すうじつ》も、月《つき》の照《て》る縁側《えんがわ》に出《で》て座《すわ》って。
16 月世界《げっせかい》に帰《かえ》るのを今年《ことし》

らに、老《お》いをせずなむ。[18]思《おも》ふこともなく侍《はべ》るなり。さる所《ところ》へまからむずるも、[19]いみじくも侍《はべ》らず。老《お》い衰《おとろ》へ給《たま》へる様《さま》を見奉《みたてまつ》らざらむこそ恋《こひ》しからめ」といふ。翁《おきな》、「胸《むね》いたき事《こと》、なし給《たま》ひそ。うるはしき姿《すがた》したる使《つかひ》にも[20]障《さは》らじ」と[21]妬《ねた》み居《を》り。

かかる程《ほど》に、宵《よひ》うち過《す》ぎて、[22]子《ね》の時《とき》ばかりに、家《いへ》のあたり昼《ひる》の明《あか》さにも過《す》ぎて光《ひか》りわたり、望月《もちづき》の明《あか》さを十合《とをあは》せたるばかりにて、[23]ある人《ひと》の毛《け》の穴《あな》さへ見《み》ゆるほどなり。大空《おほぞら》より、人《ひと》、雲《くも》に乗《の》りて下《お》り来《き》て、地《つち》より五尺《しゃく》ばかりあがりたるほどに立《た》ち連《つら》ねたり。これを見《み》て、内外《うちと》なる人《ひと》の心《こころ》ども、[24]物《もの》におそはるるやうにて、相戦《あひたたか》はむ心《こころ》もなかりけり。からうじて思《おも》ひ起《おこ》して、弓矢《ゆみや》を取《と》りたてむとすれども、手《て》に力《ちから》もなくなりて、萎《な》えかかりたり。中《なか》に、[25]心《こころ》さかしき者《もの》、[26]念《ねん》じて射《い》むとすれども、外《ほか》ざまへいきければ、[27]あれも戦《たたか》はで、心《ここ》地《ち》ただ[28]痴《し》れに痴《し》れて、[29]まもりあへり。

立《た》てる人《ひと》どもは、装束《さうぞく》の清《きよ》らなること、[30]物《もの》にも似《に》ず。飛《と》ぶ車《くるま》一つ[31]具《ぐ》したり。[32]羅蓋《らがい》さしたり。その中《なか》に王《わう》と覚《おぼ》しき人《ひと》、家《いへ》に、王《わう》「造麻呂《みやつこまろ》、まうで来《こ》」といふに、猛《たけ》く思《おも》ひつる造麻呂《みやつこまろ》も、物《もの》に酔《ゑ》ひたる心地《ここち》して、うつぶしに伏《ふ》せり。いはく、王《わう》「[33]汝《なんぢ》、幼《をさな》き人《ひと》、いささかなる功徳《くどく》を翁《おきな》つくりけるによ

一年《いちねん》だけ延期《えんき》してもらうこと。
17 月《つき》の世界《せかい》の人《ひと》は、最高《さいこう》に美《うつく》しく、年老《としお》いることもないのです。
18 心《こころ》に悩《なや》む。
19 うれしくないです。
20 姫《ひめ》を守《まも》ることを妨《さまた》げられないぞ。
21 ねたみ憎《にく》んでいる。
22 今《いま》の午前零時《ごぜんれいじ》ごろ。
23 そこにいる人《ひと》。
24 超自然《ちょうしぜん》の存在《そんざい》。
25 気丈夫《きじょうぶ》な者《もの》。
26 がまんして。
27 勇《いさ》ましく戦《たたか》わないで。
28 ただぼうっとして。
29 見《み》つめ合《あ》っている。
30 似《に》る物《もの》もない。
31 持《も》って来《き》ている。
32 貴人用《きじんよう》の絹《きぬ》がさ。
33 汝《なんじ》（＝翁《おきな》）、心愚《こころおろ》かなる者《もの》よ。

りて、汝《なむぢ》が助《たす》けにとて、片時《かたとき》の程《ほど》とて降《くだ》ししを、[1]そこらの年頃《としごろ》、そこらの金《こがね》賜《たま》ひて、[2]身《み》をかへたるが如《ごと》なりにたり。かぐや姫《ひめ》は、罪《つみ》をつくり給《たま》へりければ、かく賤《いや》しき[3]おのれが許《もと》に、しばしおはしつるなり。[4]罪《つみ》のかぎりはてぬれば、かく迎《むか》ふるを、翁《おきな》は泣《な》き歎《なげ》く、[5]能《あた》はぬ事《こと》なり。はや出《いだ》し奉《たてまつ》れ」といふ。翁答《おきなこた》へて申《まう》す、「かぐや姫《ひめ》を養《やしな》ひ奉《たてまつ》ること二十余年《にじふよねん》になりぬ。[6]片時《かたとき》と宣給《のたま》ふにあやしくなり侍《はべ》りぬ。また、異所《ことどころ》にかぐや姫《ひめ》と申《まう》す人《ひと》ぞ、おはすらむ」といふ。翁《おきな》「ここにおはするかぐや姫《ひめ》は、重《おも》き病《やまひ》をし給《たま》へば、[7]え出《い》でおはしますまじ」と申《まう》せば、その返事《かへりごと》はなくて、屋《や》の上《うへ》に飛《と》ぶ車《くるま》を寄《よ》せて、「いざ、かぐや姫《ひめ》、[8]穢《きたな》き所《ところ》にいかでか久《ひさ》しくおはせむ」といふ。立《た》て籠《こ》めたる所《ところ》の戸《と》、すなはち、ただ開《あ》きに開《あ》きぬ。[9]格子《かうし》どもも、人《ひと》はなくして開《あ》きぬ。嫗抱《おむないだ》きてゐたるかぐや姫《ひめ》外《と》に出《い》でぬ。[10]えとどむまじければ、たださし仰《あふ》ぎて泣《な》き居《を》り。

竹取心惑《たけとりこころまど》ひて泣《な》き伏《ふ》せる所《ところ》に寄《よ》りて、かぐや姫《ひめ》いふ。「[11]ここにも[12]心《こころ》にもあらでかくまかるに、昇《のぼ》らむをだに見送《みおく》り給《たま》へ」といへども、翁《おきな》「[13]何《なに》しに悲《かな》しきに見送《みおく》り奉《たてまつ》らむ。我《われ》を如何《いか》にせよとて、棄《す》てては昇《のぼ》り給《たま》ふぞ。[14]具《ぐ》して率《ゐ》ておはせね」と泣《な》きて伏《ふ》せれば、心惑《こころまど》ひぬ。姫《ひめ》「文《ふみ》を書《か》き置《お》きてまからむ。恋《こひ》しからむ折々《をりをり》、取《と》り出《い》でて見《み》給《たま》へ」とて、うち泣《な》きて書《か》く詞《ことば》は、

---

1 多《おお》くの。
2 別人《べつじん》のように、金持《かねも》ちに。
3 お前《まえ》。
4 罪《つみ》をつぐなう期限《きげん》。
5 抵抗《ていこう》してもむだだ。
6 二十余年《にじゅうよねん》をほんのしばらくの間《あいだ》とおっしゃるのは、わけが分《わ》からなくなりました。
7 出《で》ていらっしゃることはできますまい。
8 けがれた人間世界《にんげんせかい》に、どうして長《なが》くいらっしゃるのか。
9 細《ほそ》い角材《かくざい》を縦横《じゅうおう》に組《く》んだ戸《と》。今《いま》の窓《まど》の類《たぐい》。
10 引《ひ》き留《と》めることもできそうもないので。
11 私《わたし》とても。
12 本心《ほんしん》からではなく、こうして帰《かえ》ってゆくのですから。
13 こんなに悲《かな》しいのに、どうしてお見送《みおく》りなどできようか。
14 一緒《いっしょ》に連《つ》れて行《い》って下《くだ》

この国《くに》に生《む》まれぬるとならば、[15]歎《なげ》かせ奉《たてまつ》らぬ程《ほど》まで侍《はべ》るべきを、過《す》ぎ別《わか》れぬること、返《かへ》す返《がへ》す[16]本意《ほい》なくこそ覚《おぼ》え侍《はべ》れ。脱《ぬ》ぎ置《お》く衣《きぬ》を、形見《かたみ》と見給《みたま》へ。月《つき》の出《い》でたらむ夜《よ》は、[17]見《み》おこせ給《たま》へ。見棄《みす》て奉《たてまつ》りてまかる、空《そら》よりも落《お》ちぬべき心地《ここち》する。

と書《か》き置《お》く。

天人《てんにん》の中《なか》に持《も》たせたる箱《はこ》あり。[18]天《あま》の羽衣《はごろも》入《い》れり。又《また》、あるは不死《ふし》の薬《くすり》入《い》れり。一人《ひとり》の天人《てんにん》いふ、「壺《つぼ》なる御薬《おんくすり》[19]奉《たてまつ》れ。穢《きたな》き所《ところ》のもの[20]きこしめしたれば、御心地《おんここち》悪《あ》しからむものぞ」とて、持《も》て寄《よ》りたれば、わづか嘗《な》め給《たま》ひて、少《すこ》し形見《かたみ》とて、脱《ぬ》ぎ置《お》く衣《きぬ》に包《つつ》まむとすれば、ある天人《てんにん》包《つつ》ませず。[21]御衣《みそ》を取《と》り出《い》でて著《き》せむとす。その時《とき》にかぐや姫《ひめ》、「暫《しば》し待《ま》て」といふ。「[22]衣著《きぬき》せつる人《ひと》は心異《こころこと》になるなりといふ。物一言《ものひとこと》いひおくべき事《こと》ありけり」といひて文書《ふみか》く。天人《てんにん》、「遅《おそ》し」と心《こころ》もとながり給《たま》ふ。かぐや姫《ひめ》、「[23]物知《ものし》らぬことな宣給《のたま》ひそ」とて、いみじく静《しづ》かに、[24]朝廷《おほやけ》に御文奉《おんふみたてまつ》り給《たま》ふ。あわてぬ様《さま》なり。

かく数多《あまた》の人《ひと》を賜《たま》ひて留《とど》めさせ給《たま》へど、[25]許《ゆる》さぬ迎《むか》へまうで来《き》て、取《と》り率《ゐ》て罷《まか》りぬれば、口惜《くちを》しく悲《かな》しきこと。宮仕《みやづか》へ仕《つか》うまつらずなりぬるも、[26]かく煩《わづら》はしき身《み》にて侍《はべ》れば。[27]心得《こころえ》ず思《おぼ》し召《め》されつらめども。[28]心強《こころづよ》く承《うけたまは》らずな

さい。

15 私《わたし》がいなくなってもおなげきにならない時《とき》まで、お側《そば》にお仕《つか》えいたすべきですのに。

16 残念《ざんねん》に存《ぞん》じます。

17 こちら（＝月《つき》）を御覧《ごらん》になって下《くだ》さい。

18 天人《てんにん》の着《き》る衣裳《いしょう》。

19 召《め》し上《あ》がれ。

20 召《め》し上《あ》がったので。

21 天《あま》の羽衣《はごろも》。

22 天《あま》の羽衣《はごろも》を着《き》せられた人《ひと》は、人間《にんげん》と違《ちが》う心《こころ》を持《も》つようになるといいます。

23 情《なさ》け知《し》らずなことをおっしゃいますな。

24 帝《みかど》。

25 人間《にんげん》の世界《せかい》に留《とど》まることを許《ゆる》さない迎《むか》え。

26 このように面倒《めんどう》でままならない身《み》の上《うえ》。

27 なぜ宮仕《みやづか》えしないのか納得《なっとく》がいかずに。

28 強情《ごうじょう》に帝《みかど》のお言葉《ことば》に従《したが》わないことになってしまいましたことを。

りにしこと、[1]なめげなる者《もの》に思《おぼ》し召《め》し止《とど》められぬるなむ、心《こころ》に留《とど》まり侍《はべ》りぬる。

とて、

[2]いまはとて天《あま》の羽衣《はごろも》着《き》る折《をり》ぞ君《きみ》をあはれと思《おも》ひ出《い》でける

とて、壺《つぼ》の薬《くすり》添《そ》へて、頭中将《とうのちゅうじゃう》を呼《よ》び寄《よ》せて奉《たてまつ》らす。中将《ちゅうじゃう》に、天人《てんにん》取《と》りて伝《つた》ふ。中将《ちゅうじゃう》取《と》りつれば、ふと天《あま》の羽衣《はごろも》うち著《き》せ奉《たてまつ》りつれば、翁《おきな》をいとほし、かなしと思《おぼ》しつる事《こと》も失《う》せぬ。この衣著《きぬき》つる人《ひと》は、物思《ものおも》ひなくなりにければ、車《くるま》に乗《の》りて百人《にん》ばかり天人具《てんにんぐ》して昇《のぼ》りぬ。

その後《のち》、翁嫗《おきなおうな》、血《ち》の涙《なみだ》を流《なが》して惑《まど》へどかひなし。あの書《か》きおきし文《ふみ》を読《よ》み聞《き》かせけれど、「[3]何《なに》せむにか命《いのち》も惜《お》しからむ。[4]誰《た》が為《ため》にか。何事《なにごと》も益《やう》なし」とて、薬《くすり》も食《く》はず、やがて起《お》きもあがらで病《や》み臥《ふ》せり。中将《ちゅうじゃう》、人々《ひとびと》引《ひ》き具《ぐ》して帰《かへ》り参《まゐ》りて、かぐや姫《ひめ》を[5]え戦《たたか》ひ留《と》めずなりぬる事《こと》、こまごまと奏《そう》す。薬《くすり》の壺《つぼ》に御文《おんふみ》添《そ》へ、参《まゐ》らす。ひろげて御覧《ごらん》じて、[6]いといたくあはれがらせ給《たま》ひて、[7]物《もの》も聞《きこ》し召《め》さず、御遊《おんあそび》などもなかりけり。大臣上達部《だいじんかんだちべ》を召《め》して、帝《みかど》「何《いづ》れの山《やま》か、天《てん》に近《ちか》き」と問《と》はせ給《たま》ふに、ある人奏《ひとそう》す、「駿河《するが》の国《くに》にあるなる山なむ、この都《みやこ》も近《ちか》く、天《てん》も近《ちか》く侍《はべ》る」と奏《そう》す。これを聞《き》かせ給《たま》ひて、

1　無礼《ぶれい》な者《もの》。

2　今《いま》は最後《さいご》と天《あま》の羽衣《はごろも》を着《き》るこの時《とき》になって、帝《みかど》を慕《した》わしく思《おも》う気持《きも》ちがしみじみと胸《むね》にあふれて参《まい》ります。

3　何《なん》のために、命《いのち》も惜《お》しかろうか。命《いのち》を惜《お》しむかいもない。

4　誰《だれ》のために、生《い》きながらえるというんだ。

5　天人《てんにん》と戦《たたか》って引《ひ》き止《と》めることができなかった事の次第《しだい》。

6　しみじみとした気持《きも》ちになられて。

7　お食事《しょくじ》も召《め》し上《あ》がらない。

[8]あふことも涙《なみだ》に浮《うか》ぶわが身《み》には死《し》なぬ薬《くすり》も何《なに》にかはせむ

かの奉《たてまつ》る不死《ふし》の薬《くすり》に、又《また》、文壺《ふみつぼ》具《ぐ》して御使《おんつかひ》に賜《たま》はす。勅使《ちょくし》には、調《つき》のいはがさといふ人《ひと》を召《め》して、駿河《するが》の国《くに》にあなる山《やま》の頂《いただき》に持《も》て行《ゆ》くべきよし仰《おほ》せ給《たま》ふ。嶺《みね》にてすべきやう教《をし》へさせ給《たま》ふ。御文《おんふみ》、不死《ふし》の薬《くすり》の壺《つぼ》ならべて、火《ひ》をつけてもやすべき由《よし》仰《おほ》せ給《たま》ふ。その由《よし》承《うけたまは》りて、兵《つはもの》ども数多《あまた》具《ぐ》して山《やま》へ登《のぼ》りけるよりなむ、その山《やま》を[9]ふじの山《やま》とは名《な》づけける。その煙《けぶり》、いまだ雲《くも》の中《なか》へたち昇《のぼ》るとぞいひ伝《つた》へたる。

8　かぐや姫《ひめ》に会《あ》うこともないので、その悲《かな》しみの涙《なみだ》に浮《う》かぶほどである私《わたし》にとって、不死《ふし》の薬《くすり》も何《なん》の意味《いみ》もないことだ。

9　富士山《ふじさん》。たくさんの兵《へい》士《し》、士《さむらい》に富《と》む山《やま》というしゃれ。不死《ふし》の薬《くすり》を燃《も》やした「不死《ふし》の山《やま》」というしゃれをかわした面白《おもしろ》さがある。

この作品は、角川文庫『竹取物語』（1987年8月刊）をもとに漢字にふりがなをふり、読みやすくしたものです。

角川つばさ文庫

星 新一／訳
1926年東京生まれ。東京大学農学部卒。星製薬株式会社社長を経て、57年日本で初めてのSF同人誌『宇宙塵』の創刊に参加し作家となる。68年『妄想銀行』で第21回日本推理作家協会賞を受賞。ショートショートの第一人者として1001編以上の作品を発表した。著書に『きまぐれロボット』『ちぐはぐな部品』『宇宙の声』『ごたごた気流』（いずれも角川文庫）ほか多数。97年、永眠。
星新一公式サイト　http://hoshishinichi.com

ひと和／絵
イラストレーター。『バベル』『アンダーランド・ドッグス』（共に電撃文庫）、「悪夢ちゃん」シリーズ、「怪盗探偵山猫」シリーズ（共に角川つばさ文庫）の挿絵の他、ソーシャルゲーム、カードゲームなど幅広いジャンルで活躍中。

角川《かどかわ》つばさ文庫《ぶんこ》
竹《たけ》取《とり》物《もの》語《がたり》
かぐや姫《ひめ》のおはなし
訳《やく》　星《ほし》　新一《しんいち》
絵《え》　ひと和《わ》

2017年4月15日　初版発行
2025年7月5日　11版発行

発行者　山下直久
発　行　株式会社KADOKAWA
〒102-8177　東京都千代田区富士見 2-13-3
電話　0570-002-301（ナビダイヤル）
印　刷　株式会社KADOKAWA
製　本　株式会社KADOKAWA
装　丁　ムシカゴグラフィクス

ISBN978-4-04-631655-4　C8293　N.D.C.913　190p　18cm

●お問い合わせ
https://www.kadokawa.co.jp/（「お問い合わせ」へお進みください）
※内容によっては、お答えできない場合があります。
※サポートは日本国内のみとさせていただきます。
※Japanese text only

読者のみなさまからのお便りをお待ちしています。下のあて先まで送ってね。
いただいたお便りは、編集部から著者へおわたしいたします。
〒102-8177　東京都千代田区富士見 2-13-3　角川つばさ文庫編集部

角川つばさ文庫発刊のことば

角川グループでは『セーラー服と機関銃』(81)、『時をかける少女』(83・06)、『ぼくらの七日間戦争』(88)、『リング』(98)、『ブレイブ・ストーリー』(06)、『バッテリー』(07)、『DIVE!!』(08)など、角川文庫と映像とのメディアミックスによって、「読書の楽しみ」を提供してきました。

角川文庫創刊60周年を期に、十代の読書体験を調べてみたところ、角川グループの発行するさまざまなジャンルの文庫が、小・中学校でたくさん読まれていることを知りました。

そこで、文庫を読む前のさらに若いみなさんに、スポーツやマンガやゲームと同じように「本を読むこと」を体験してもらいたいと「角川つばさ文庫」をつくりました。

読書は自転車と同じように、最初は少しの練習が必要です。しかし、読んでいく楽しさを知れば、どんな遠くの世界にも自分の速度で出かけることができます。それは、想像力という「つばさ」を手に入れたことにほかなりません。

「角川つばさ文庫」では、読者のみなさんといっしょに成長していける、新しい物語、新しいノンフィクション、角川グループのベストセラー、ライトノベル、ファンタジー、クラシックスなど、はば広いジャンルの物語に出会える「場」を、みなさんとつくっていきたいと考えています。

読んだ人の数だけ生まれる豊かな物語の世界。そこで体験する喜びや悲しみ、くやしさや恐ろしさは、本の世界の出来事ではありますが、みなさんの心を確実にゆさぶり、やがて知となり実となる「種」を残してくれるでしょう。

かっての角川文庫の読者がそうであったように、「角川つばさ文庫」の読者のみなさんが、その「種」から「21世紀のエンタテインメント」をつくっていってくれたなら、こんなにうれしいことはありません。

物語の世界を自分の「つばさ」で自由自在に飛び、自分で未来をきりひらいていってください。

ひらけば、どこへでも。——角川つばさ文庫の願いです。

角川つばさ文庫編集部